U0108826

校長爺爺教寫作系列

寫出優秀
記敍文

謝振強·主編

中華教育

目錄

我是認識校長爺爺的。在不同的教育場景，都會見到他的蹤影，特別喜歡見到他的笑容，總是那麼慈祥可親。

這趟有機會為他的《校長爺爺教寫作系列》寫序，更是我的榮幸。校長爺爺接觸學生無數，觀察與洞悉學生寫作的優缺點，都有深厚的認識。這套系列正好是將校長爺爺的功力發揮得淋漓盡致，無論從「組織及寫作手法」的點評，「思路導航」的「表」文並茂，還有那些「升級貼士」及文末的「校長爺爺點評」，都是點中要「缺」，更加上「好詞好句補給站」，讓詞彙貧乏的學生得着很多有用的貼士，最後加上「小練筆」，讓學生們學以致用。

當我捧讀這套書時，更喜見那些「佳作共賞」的學生作品，內容充實且多元化，資料豐富，貼近生活。千萬別小看這些孩子的作品，我們從中也學到不少豐富的知識，如比薩斜塔的建築，獵豹的特性，至如何舒緩壓力，讀着他們簡潔扼要的說明時，也長了不少知識呢！深信這套系列的出版，可讓學生們提升對寫作的興趣與能力，也讓父母甚至師長，從茫無頭緒不知如何啟發孩子寫作的困境下，得着很多點子與亮光。作為一個愛好閱讀與寫作者，誠意推薦，並期待會見到更多愛上寫作的下一代啊！

羅乃萱
香港著名作家

意大利科學家伽利略稱文字為「人類精神史上最偉大的創造物」，而文字寫作既能夠把自己內心世界的思緒與人分享，也能超越地域及時代去將知識及人類的智慧傳達給他人。所以，我們自幼便需要學習以適當的描述來表達自己的想法、見解、感受及知識。

喜見我們的教育界前輩謝振強校長出版了《校長爺爺教寫作系列》，這除了幫助同學們之外，更為所有寫作人士提供了一個非常實用的教材。在系列中一套四冊，每冊有三十篇文章，都是我們聖公會小學同學的習作。謝校長透過這些作文，首先讓我們了解每一篇文章的組織及寫作手法。在欣賞佳作之後，他又會分析每一位小作者的思路，之後加上他自己的點評，並着讀者留意文章中一些好詞好句；而最難得的就是他在每篇文章後，均找到與主題有關的名人精句深入淺出地加以介紹。故此，這一系列的讀物，都讓我們的寫作技巧加以提升。

事實上，透過這系列，謝校長更讓我們明白寫作的好處，例如，可提高記憶力和理解力、讓我們了解自己學習及消化到多少知識，而讓我們的思想得以發展。

謝校長除了是一位教育家，也是一位出色的領導者。我相信這和他在寫作方面的成就有關。按照美國飛機製造廠洛歇馬丁（Lockheed Martin）前總裁奧古斯丁（Norman R.Augustine）的分析，能從八萬名工程師和科學家中晉升為管理階層的，他們最突出的共同點，便是擁有以文字明確表達想法的寫作能力。

希望讀者們都能夠透過這一寫作系列，增強我們的寫作能力，以致我們日後都能更好地貢獻社會，造福人羣。

陳謳明

香港聖公會教省主教長

序三

自從擔任聖公宗（香港）小學監理委員會執行委員起，就開始與謝振強校長（謝總）有着極緊密的聯繫。一向深知他的語文造詣高超，往往能夠出口成文，並多次在不同的重要典禮上，擔任主禮嘉賓妙語如珠，令在場與會者和嘉賓們會心微笑，甚至捧腹大笑。

是次謝總再次以校長爺爺的身份，出版教導寫作的著作，相信定必會造福每一位讀者。這套著作既有語文知識的傳遞，也在「升級貼士」及「校長爺爺點評」中，給予價值觀的導引，是全人教育的優質教材示範。

謝總個人的豐富教學及管理經驗，讓他對不同範疇的主題，均有獨當一面的見解，同時也能補充小作家們在該主題上未涉及到的範圍和想法。快速讀完這套著作後，筆者相信這四冊短短的篇章，已經是一套相當全面的通識教學材料。

除了是受人敬重的校長外，謝總又是一位充滿愛心的爺爺，對於與孫兒相同年齡層的學生有深厚的了解和認知，故此，能夠設身處地從孫兒和學生的角度，去看世界、觀人生。這相信也能夠為不同年代的讀者，包括學生、教師和家長，帶來不同的學習和反思。

對希望改善寫作技巧的同學們，謝總這套新作是重量級的參考工具，在此大力推介。

如前所述，謝總是位幽默風趣的退休校長，不知甚麼時候，能夠拜讀他編撰的「校長冷笑話」系列呢？筆者熱切期待！

陳國強

聖公宗（香港）小學監理委員會主席
聖約翰座堂主任牧師

　　榮幸能為校長爺爺的新書《校長爺爺教寫作系列》寫序，更賞心的是，這是一本散發着墨香的文集，滿載了許多孩子的童真、童善、童美，樸實可愛；這也是一本學習寫作的實用書，記錄了校長爺爺和編輯的分析、點評、建議，極其寶貴。

　　翻閱這套文集，我被書中內容深深吸引，一種教育工作者欣慰的喜悅湧上心頭，更彷彿回到天真爛漫的童年。孩子的童年是多采多姿的，就像書中「筆的家族」及「陸路交通特工隊」；孩子的童年是創意無限的，就像書中「智能書包」及「我設計的玩具」；孩子的童年是喜愛探索大自然的，就像書中「有趣的中華白海豚」及「大自然的警示」。從「活得健康」及「運動的好處」中，我看到了孩子對健康生活的追求；從「做個誠實人」及「薪金和興趣」中，我看到了孩子對生命價值的尋索；從「開卷有益」、「求學不是求分數」及「學校應否取消所有考試」中，我看到了孩子對學問的渴求及對事理的觀察分析。也許他們的用詞還很稚嫩，文筆還欠暢順，認識還未夠深刻，但他們已經學會了用自己獨特的視角觀察世界，用自己的真情實感去表達對生命和生活的認識及思考。

　　這套文集還有一個鮮明的特點，就是載錄了校長爺爺給每篇作品的分享，將他從事教育工作超過半個世紀所累積的經驗及圓融智慧，向讀者們傾囊相授。當中有解構文章組織、寫作手法及思路的分析點評，有提升文章內涵的「升級貼士」，更有鼓勵讀者動筆寫作的「小練筆」，讓讀者在享受閱讀樂趣之餘，還可從中掌握到寫作的竅門，感受到寫作也可以是件輕鬆的樂事。

　　相信這套文集是一塊引玉的磚，是一塊他山之石，能吸引更多孩子拿起筆桿，創作出優秀的文章，翱翔豐富多彩的寫作天地。

鄧志鵬

聖公會青衣主恩小學校長

聖公會小學校長會主席

　　早於八、九十年代入行初期，已從當時聖公會聖雅各小學時任校長張浩然總校長口中聽過謝振強校長的名字；惟直至二十年前加入聖公會校長行列才真正認識謝校長。還記得他曾任聖公會小學校長會主席，榮休後擔任辦學團體總幹事，從此我們便尊稱他為「謝總」！

　　謝總不但縱橫教育界逾半個世紀，多年來擔當着聖公會小學校長團隊領航員的角色，一直不遺餘力地扶持及指導後輩同工。認識他的朋友一定敬佩他時刻都中氣十足、聲如洪鐘、目光如炬、威而不惡……還有他記憶力驚人，且有過目不忘的本領，任何文字錯漏都難逃他的法眼！而他也不吝嗇時間精神，不厭其煩地提點我們，作為後輩校長實在感恩有此好前輩、好師傅！

　　當上爺爺後的謝總在威嚴的臉龐上經常加添了慈祥的笑容！「家有一老，如有一寶」，謝總不單是他家庭內的寶貝爺爺，也是聖公會小學這個大家族裏的瑰寶！難得校長爺爺願意繼續在教育路上發光發熱，我深信憑着謝總爐火純青的功力，《校長爺爺教寫作系列》一定能夠成為小朋友寫作路上的明燈！

張勇邦

聖公會聖雅各小學校長
香港資助小學校長會名譽主席

第一次聽到「謝總」這稱呼，我即肅然起敬，因為這稱謂令我聯想起企業總裁甚至國家領袖。謝總曾貴為敝宗小學監理委員會的總幹事達十六年之久，支援聖公會五十所小學，指導新晉校長適應新的崗位，位份舉足輕重。

　　謝總是一位校長，也是一塊大磁石。他一雙凌厲的眼神、一臉嚴肅的面容，令權威二字躍然於額上，但這卻沒嚇怕他的學生和同事，因為只要他稍一轉臉，脣角向上一翹，便展現了慈祥可親的笑容，學生總喜歡簇擁着他，像被磁力吸引一樣。

　　謝總是一本活字典，也是一本歷史書。任何場合邀請他分享兩句，只見他深深吸一口氣，便找到一個有趣的切入點，將事情的來龍去脈娓娓道出，時而提問，時而反問，十五分鐘內他不用換氣，不能不拜服謝總的博學多才，過目不忘的記憶力。

　　今喜見《校長爺爺教寫作系列》面世，讓一眾莘莘學子可以從謝總的博學中學習，打穩根基，寫好文章。於我，唯一美中不足的是，這叢書晚了三十多年才出版，害筆者中小學每次作文時，也寫得天花亂墜，東拉西扯，硬湊字數交卷。

　　祝願謝總退而不休，以不同形式繼續造福學界。

　　後記：我建議謝總下次可出版《爺爺教寫序》！

何錦添
聖公會聖多馬堂主任牧師

感謝上主的安排，讓我有幸成為聖公會置富始南小學校長，能與校長爺爺——謝振強校長合作，跟他學習，獲益良多。

記得我還未上任，喜獲謝總送贈《校長爺爺：「拼」出教育路》一書。粗略一覽，讀出謝總的過去，一步一個腳印，以生命拼出教育路。教育工作任重道遠，亦是一個終身承諾，從謝總對教育委身，獲得啟導，生命與教育合一無間。

早前得悉謝總的《校長爺爺教寫作系列》將會出版，整理聖公會屬校小作家的佳作，讓小讀者們可以共賞：賞析文章的組織及結構，有助寫出提綱；賞析文章的寫作手法，掌握更靈活的修辭方法和更豐富的表達；賞析文章的寫作思路，幫助形成構思方向。

謝總熱心教導，期望小讀者學有所成，精心點評加以點撥，從某一點怎樣修改；或指出文章的閃亮點，從而增強小作者的自信和動力；學生把這些教導及好句記在腦裏，作為以後寫作的指導，又能達到知識的遷移，希望在下一次寫作中獲得成功。

心作良田耕不盡，善為至寶用無窮。此書不單讓小讀者得益，作者收益將撥歸聖公會聖多馬堂，作教會慈善用途。謝總，謝謝你為教育工作的努力和付出。

黃智華

聖公會置富始南小學校長

1 禮物

佳作共賞

上星期五，我到小食部買零食，拿出口袋裏的半圓形藍色錢包，想起已移民的好同學——小美和我的一段回憶。

五年級時，我得知小美將移民的消息，非常不捨。為了製造既難忘又美好的回憶給她，我和一班同學決定為她辦歡送會。

歡送會那天，大家都享受着相聚的一刻，小美十分感激我們。①突然，她走過來問我喜歡甚麼顏色。我當時不以為然，沒有把這問題放在心裏。大家繼續盡情地享受着最後一次聚會。

到了小美離開那日，我們一大早到機場送別。②大家依依不捨地和她道別。②她在進入候機室前，突然把半圓形的藍色錢包塞進我手裏。我還來不及問清楚，她便快步走進候機室。這時，她看着我，舉起同樣的錢包，我立即明白，這是友情的

聯繫，也是共同回憶。她別過充滿淚水的臉，頭也不回地走進候機室，我們也正式分別了。回家的路上，我一直抓緊錢包，心想：這錢包紀念了我們的珍貴友情，我一定要好好保存。

　這份禮物雖不太昂貴，但滿載我們的友情。我們即使分隔異地，也有共同回憶。③期待我和小美能再次相聚，把兩個半圓的錢包，合併成「圓滿」的圓形。

 升級貼士

運用「不捨」、「依依不捨」等詞語同時，可以加強描述不捨的心情，豐富文章的情感。例如仔細描寫不捨的神情、內心感受等，也可表達班上同學對離別的不同情感或整體氣氛。

總結（第5段）：：帶出半圓形錢包的意義。

③象徵：以禮物的形狀象徵好友的聚散，可見同學的心思與情感。

思路導航

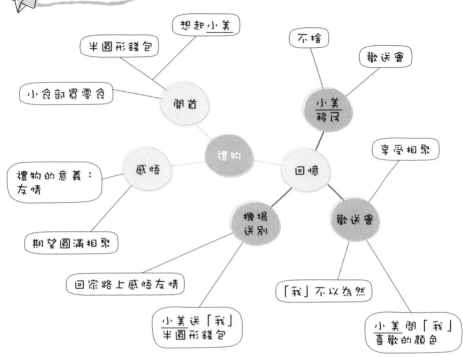

半圓形錢包 — 想起小美
小食部買零食 — 開首
不捨 — 歡送會
小美移民
享受相聚
禮物
感悟 — 回憶
禮物的意義：友情
機場送別 — 歡送會
期望圓滿相聚
回家路上感悟友情
「我」不以為然
小美送「我」半圓形錢包
小美問「我」喜歡的顏色

校長爺爺點評

在《禮物》這篇文章中，作者對好同學移民的不捨與無奈，並盼望將來重聚的日子，小禮物的心意，都描述得很好。文章佈局流暢，一氣呵成，值得讚賞！

好詞補給站

送別	快步	別過	保存	昂貴
滿載	相聚	圓滿	盡情地	來不及
不以為然	放在心裏	共同回憶	頭也不回	分隔異地

 好句補給站

關於哭泣的句子

- 她別過充滿淚水的臉，頭也不回地走進候機室，我們也正式分別了。

- 我強忍眼眶中的淚水，苦澀卻倒流到心裏去。

- 他微微顫抖，一滴滴壓抑的傷痛，猶如從靈魂的深處一行行緩緩流下，流到衣領上，染成了深藍的哀傷。

- 你要記得盛起此刻的眼淚，日後用來栽種成長的鮮花。

 小練筆

假如你要送一份禮物給朋友，你會送甚麼？它背後有甚麼意義或感情？

我會送＿＿＿＿＿＿＿＿＿＿＿＿＿＿＿

給好朋友＿＿＿＿＿＿＿＿＿＿＿＿＿，

因為＿＿＿＿＿＿＿＿＿＿＿＿＿＿＿＿

＿＿＿＿＿＿＿＿＿＿＿＿＿＿＿＿＿＿

＿＿＿＿＿＿＿＿＿＿＿＿＿＿＿＿＿＿

寫作提示

文章中的關鍵物品要有背後的意義，亦要有獨特之處，如果物品可以隨意轉換而不影響文章情節，那可能代表物品未能與文章所記的事情緊扣。

2 令人懷念的被子

組織及寫作手法

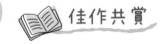

佳作共賞

開首（第1段）：記述「我」找到一張印有小被子的照片，引起了一段美好的回憶。

正文（第2段）：記述四歲時，媽媽帶「我」去家品店買被子。

① 心理描寫：此處除了反映作者對選擇被子感到困難，還具體描繪了被子的花紋。

② 對比：把黃色花紋被子，與單色被子和五顏六色的被子作比較，突顯黃色被子富有美感而不單調，也能說明它「與眾不同」的地方。

正文（第3段）：記述「我」視被子是寶貝，它陪伴「我」睡覺和聽「我」訴說心事。

③ 明喻／擬人：以「世界大戰」比喻「我」的粗魯睡覺狀況；把被子擬人化，描寫「我」對它動手動腳，而它沒有嫌棄「我」，反而聽「我」傾訴心事。把被子當作人來寫，描述「我」與被子間的情

今天是個天氣清朗的日子，我決定為那不堪入目的房間打掃一番。收拾房間時，我發現了一張照片，一張我抱着小被子睡覺的照片。我一看到那張照片，就回想起那又甜蜜又温馨的美好回憶⋯⋯

四歲的前一天，媽媽帶着我去家品店選一張小被子當生日禮物。當我看到家品店裏各式各樣的被子時，① 我的選擇困難症便發作了，心想：該選哪張被子好呢？是白底紅花的，純灰色的，還是有卡通圖案的被子呢？正當我全神貫注地思考時，② 我看到一張與眾不同的被子，那是一張黃色的被子，上面繡了美麗的花紋。它不像單色被子一樣單調，也不像五顏六色的被子一樣令人眼花繚亂，所以我最後決定買下那張黃色被子。

買了那張被子後，我如獲至寶，每晚都要抱着它才肯睡覺。但我的睡姿十分粗魯，③ 睡覺時常常對它「動手動腳」，牀上猶如發生了一場「世界大戰」。但它沒有嫌棄我，反而在我無聊的時候，做我最好

的朋友，聽我訴說生活中的傷心事。在我的摧殘之下，那張被子已變得殘破不堪。

　　某天放學後，我拖着疲累不堪的身子回家，打算在牀上睡一覺才去做功課。④但當我回到家時，卻發現本應在牀上的被子不見了，我十分焦急，不斷在家中找尋它的蹤影。過了一會，我冷靜下來，打電話給媽媽。「媽媽，您知道我的被子去哪兒了嗎？」我問道。媽媽卻說她在早上把被子丟掉了，這令我傷心不已。媽媽見我如此傷心，便在下班後馬上趕回家安慰我，她說：「對於沒有問你就丟了你的被子，我感到很抱歉，但它已陪你度過很長時間，你也該讓它休息了。」聽完媽媽的話後，我若有所悟，也決定釋懷了。

　　⑤看着照片裏的被子，我有點懷念與它一起的時光；看着照片裏的被子，我感激它為我的童年增添不少色彩；看着照片裏的被子，我發出了會心一笑。

感互動，有助突顯「我」對被子的深刻感情。

正文（第4段）：記述媽媽把被子丟掉，令「我」傷心不已。

④情節緊湊：描寫「我」發現被子不見了的心理狀況，先是焦急，繼而冷靜下來，其後因知道被子被丟掉而傷心，最後聽到媽媽的安慰而釋懷。情節緊湊，並夾帶着情感的變化，有助調動讀者的感受，如同與作者一起經歷失去被子的過程。

升級貼士

若段落較長時，可刪除不必要的枝節。第4段「我」打電話問媽媽的對話，不是用來刻畫人物性格，而前後文情節發展清晰，故可刪去。

總結（第5段）：抒發對被子的懷念和感激之情。

⑤排比句：通過排比句抒發對被子的感情，先是懷念，然後感謝，最後以會心一笑表示把情感藏於心底，令情感步步昇華。

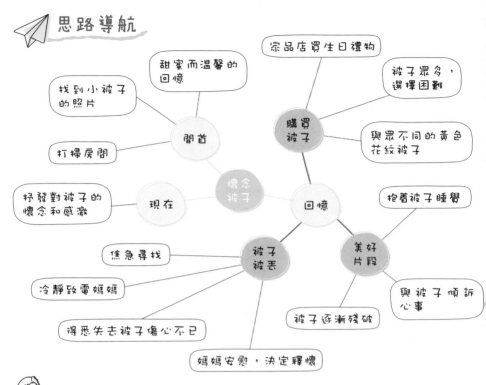

甜蜜而温馨的回憶

找到小被子的照片

打掃房間

開首

家品店買生日禮物

被子眾多，選擇困難

與眾不同的黃色花紋被子

購買被子

懷念被子

抒發對被子的懷念和感激

現在

回憶

抱着被子睡覺

焦急尋找

冷靜致電媽媽

被子被丟

美好片段

與被子傾訴心事

得悉失去被子傷心不已

被子逐漸殘破

媽媽安慰，決定釋懷

校長爺爺點評

　　作者在打掃房間時發現一張照片，由此引起一段回憶，文中記敍作者和被子相伴的美好日子，內容鋪排不錯。文中能使用適當的形容詞，令描寫對象具體地表現出來，增加可讀性，但本文用「不堪入目」形容房間和被子已變得「殘破不堪」，寫得略為誇張，如簡單說「凌亂」的房間，以及被子已變得「殘舊」會更好。

好詞補給站

摧殘	釋懷	懷念	不堪入目	各式各樣
全神貫注	與眾不同	五顏六色	眼花繚亂	如獲至寶
殘破不堪	疲累不堪	傷心不已	若有所悟	會心一笑

 好句補給站

關於抉擇的句子

- 我的選擇困難症便發作了，心想：該選哪張被子好呢？是白底紅花的，純灰色的，還是有卡通圖案的被子呢？

- 那是一張黃色的被子，上面繡了美麗的花紋。它不像單色被子一樣單調，也不像五顏六色的被子一樣令人眼花繚亂，所以我最後決定買下那張黃色被子。

 小練筆

本文第3段運用擬人法描寫被子，讓被子充滿生命力。試以《我的書桌》為題，運用擬人法抒發你對它的感受。

書桌放置在睡房的窗前，它_____

_____

_____

_____

寫作提示

要使靜物變得生動傳神，可以運用擬人法，通過豐富的想像力，把事物當成自己的朋友、親人去寫。寫作時，可以先想想平日怎樣使用或對待桌子，如會否用筆塗污桌子，會整齊收拾桌子還是堆積雜物，把你和桌子之間的點點滴滴轉化為人與人之間的相處，運用擬人手法表達出來。

3 伴我走過仁立的夥伴

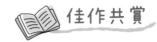

佳作共賞

開首（第1段）：記述從櫃子找到殘舊的圓珠筆，描述它的外形，並引入回憶。

① 明喻：描寫圓珠筆斷裂、變色、顫抖的外形特點；再以年逾古稀的老太太作比喻，充分而貼切地表現圓珠筆殘舊的特點。

正文（第2段）：交代圓珠筆的來源，指出它的意義。

正文（第3段）：記述一次硬筆書法比賽中，圓珠筆漏墨的經過。

② 人物描寫手法：利用心理描寫（寫錯字時的慌張心情）、行動描寫（抓頭和收拾殘局的動作）和肖像描寫（被墨水弄黑的樣貌），把圓珠筆漏墨這件事的經過敘述出來，情節連貫，描寫細緻生動。

③ 引用：暗引馮夢龍《醒世恆言》名句，加強描述圓珠筆

　　這天，我把書從櫃子裏拿出來時，一支殘舊的圓珠筆掉了下來，我拿起它，仔細端詳：① 這是一支粉紅色的筆，筆尖斷裂，筆身變色，筆蓋顫顫抖抖，彷彿馬上就要掉下來，像個年逾古稀的老太太。我望着這支蒼老的筆，陷入了沉思。

　　記得這支筆是一年級時，老師獎勵我的，它陪我度過了一場場測驗，一次次挑戰，也陪我度過了仁立的美好時光。

　　記得那一次，我參加了學校舉辦的硬筆書法比賽。我當時信心滿滿，提起圓珠筆就開始寫字。開始時一切都很順利，但寫到最後一個字時，我的手酸了。這支該死的筆居然不聽我使喚，叫它往東它往西。② 糟糕，把字寫錯了！正當我急得像熱鍋上的螞蟻，抓着頭想辦法補救時，這支筆竟然開始漏墨了！黑乎乎的墨汁流了出來，把整張紙都弄髒，③ 真是「屋漏偏逢連夜雨」啊！我七手八腳收拾黑乎乎的

桌子和比賽紙，可是一切都太晚，比賽結束了，我也成了一隻黑漆漆的「大花貓」，唉，都是那支筆的錯！

當天晚上，我火冒三丈，一氣之下，想一腳把那支筆踩斷。當我抬起腳時，獲得這支圓珠筆的快樂時刻，像幻燈片一樣在腦海裏重現……④我忽然醒悟，我不應該因小事而對一支筆生氣，錯誤的源頭是我引起的，它可是陪我走過仁立的好夥伴啊！

思緒回到現在，我久久地凝視着這支殘舊的筆，它對我是多麼重要啊！它印證了我在仁立的第一次榮耀。是它，陪伴我走過仁立的路途；是它，陪伴我在知識的海洋中暢游；是它，陪伴我在一次次失敗中勇敢站起來，繼續一路拼搏下去！⑤親愛的圓珠筆啊，我每次看見你，都禁不住回憶起仁立的歲月。仁立小學，我忘不了在那兒度過的美好時光！

漏墨造成的連串混亂狀況，也有助抒發在窘境中的無奈。

正文（第4段）：帶出從圓珠筆領悟到不應為小事生氣的道理。

④ 以小見大：由圓珠筆漏墨這件小事，帶出不應為小事發脾氣的深刻道理，令文章主題昇華，亦反映作者能夠自我反省。

總結（第5段）：重申圓珠筆的意義。

 升級貼士

第2和5段都提到圓珠筆陪伴「我」度過在仁立的美好時光，然而文中未有具體描述，令抒情虛浮，美好之情較為含糊。

⑤ 呼告：直接呼喚描寫對象圓珠筆，再由圓珠筆連繫到仁立小學，把兩者緊扣一起，層層推進。

思路導航

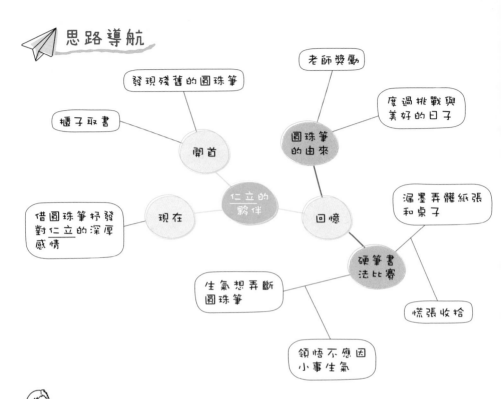

老師獎勵

發現殘舊的圓珠筆

櫃子取書

開首

圓珠筆
的由來

度過挑戰與
美好的日子

仁立的
夥伴

借圓珠筆抒發
對仁立的深厚
感情

現在

回憶

漏墨弄髒紙張
和桌子

硬筆書
法比賽

生氣想弄斷
圓珠筆

慌張收拾

領悟不應因
小事生氣

校長爺爺點評

　　雖然是一支殘舊的圓珠筆，但作者一直保存下來，因為它曾帶給作者榮耀，也曾令作者火冒三丈，文中確確實實地記敍了作者過去對圓珠筆又愛又恨的感情。

　　文章結尾由此引申，回憶在仁立小學的時光也令人充滿喜悅與惆悵，由對物件的感情帶出對校園的感情，容易引起讀者共鳴。

好詞補給站

沉思	使喚	踩斷	重現	思緒
凝視	印證	黑乎乎	黑漆漆	仔細端詳
年逾古稀	信心滿滿	七手八腳	火冒三丈	一路拼搏

 好句補給站

關於慌亂的句子

* 糟糕，把字寫錯了！正當我急得像熱鍋上的螞蟻，抓着頭想辦法補救時，這支筆竟然開始漏墨了！黑乎乎的墨汁流了出來，把整張紙都弄髒，真是「屋漏偏逢連夜雨」啊！

 小練筆

你的夥伴是誰？假設這是文章的結尾，試寫出夥伴對你的意義或抒發感受。

> 我的＿＿＿＿＿＿＿＿＿＿＿＿啊，

寫作提示

夥伴可以是人、動物或死物。運用抒情的方式結尾，能表達作者感受，激發讀者共鳴。例如：用呼告的方法表達對抒情對象的讚美、懷念、惋惜等感情；提出期望或願望；用所得的啟發引申出中心思想。

4　消失的音樂盒

組織及寫作手法

開首（第1段）：以音樂盒引發後悔之意，並指出自己粗心大意，以引入下文交代後悔的事件。

正文（第2段）：記述音樂盒的來源、外形特徵和意義。

升級貼士

可描述「我」的音樂盒有甚麼特點，播出的是哪一首音樂，加深讀者的印象和了解。

正文（第3段）：記述「我」拿音樂盒回學校，以挫減同學小美的傲氣。

正文（第4段）：記述「我」因音樂盒，在小美和其他同學面前洋洋得意。

佳作共賞

　　一個音樂盒，令我後悔不聽父母的話，令我體驗到「不聽老人言，吃虧在眼前」的道理，更令我見識到粗心大意的後果有多可怕……

　　音樂盒是已到外國留學的表姐送給我的，盒上有一張我和表姐的合照。它播出的音樂是我最喜歡的古典音樂。因為我不能常常和表姐見面，所以很珍惜這個音樂盒。

　　一天，同學小美拿出她的天鵝音樂盒在同學前炫耀。看着她那高高在上的樣子，我很不服氣。所以放學後，我便跑回家取音樂盒「反擊」小美。正當我把音樂盒拿出去時，媽媽叮囑我要小心保管。我沒管媽媽說甚麼，就氣急敗壞地出門了。

　　我拿出音樂盒，① 在同學前沾沾自喜地介紹時，小美開始面有難色，我見她像一隻被打敗的鬥雞，心裏頓時順氣了，不

禁洋洋得意起來。我又聽到同學讚美我的音樂盒，樂得尾巴都快翹起來了。

　　上完興趣班要離開學校時，我去儲物櫃取音樂盒，「災難」發生了！我的音樂盒不見了！我問了很多同學，他們都說沒見過。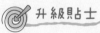我十分害怕，慌張侵佔了我的心，是我粗心大意，沒小心收藏它。是我的錯，我應該聽媽媽的話。

　　經過這件事，我明白一定要聽媽媽的話，還是小心保管財物，不然最珍惜的東西也會「消失」。

① 描寫細緻：作者使用帶有感情色彩的詞語，形容在小美和同學面前炫耀音樂盒的驕傲自豪感受，包括「沾沾自喜」、「洋洋得意」和「翹尾巴」，人物形象突出。

正文（第5段）：記述「我」在學校遺失音樂盒。

升級貼士

可運用比喻、誇張等修辭手法，描述慌張的感受，使人物的心情更具體可感。另外文章開首即交代因粗心大意失去音樂盒，第5段應交代怎樣粗心大意，令前因後果更清晰。

總結（第6段）：抒發在事件中得到的教訓。

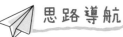
思路導航

- 開首
  - 後悔不聽父母的話
  - 明白粗心大意的可怕
- 由來
  - 表姐贈送
  - 不能常與表姐見面，份外珍惜
- 音樂盒
- 小美事件
  - 小美炫耀音樂盒
  - 「我」取音樂盒回校，挫感小美傲氣
  - 「我」上完興趣班後發現音樂盒不見了
- 感悟
  - 明白到要聽父母話，小心保管財物

校長爺爺點評

作者寫《消失的音樂盒》，先交代音樂盒的紀念價值，然後記述把音樂盒帶回學校向同學炫耀，結果因不聽媽媽叮囑，沒有小心保管以致遺失音樂盒而感到後悔，事件交代得很清楚。

我覺得倘能加入一些情節，如交待音樂盒是自己一時忘記放了在別處，最終找回了，那才能突顯是自己大意，也不會令人懷疑可能是小美的報復或有同學起貪念。

好詞補給站

見識	炫耀	叮囑	侵佔	不服氣
高高在上	小心保管	氣急敗壞	沾沾自喜	面有難色
洋洋得意	粗心大意	不聽老人言，吃虧在眼前		

好句補給站

關於得意神態的句子

- 我拿出音樂盒，在同學前沾沾自喜地介紹時，小美開始面有難色，我見她像一隻被打敗的鬥雞，心裏頓時順氣了，不禁洋洋得意起來。

- 他取得了冠軍便趾高氣揚，在羣眾中昂首挺胸，眼睛望得高高的，不將其他人放在眼裏，彷彿目空一切。

小練筆

試續寫本文第5段，在題（1）的橫線上，運用比喻形容「我」的慌張心情；並在題（2）的橫線上，插入記述怎樣粗心大意擺放音樂盒。

> 　　上完興趣班要離開學校時，我去儲物櫃取音樂盒，「災難」發生了！我的音樂盒不見了！我問了很多同學，他們都說沒見過。我十分害怕，慌張侵佔了我的心，像(1)＿＿＿＿＿＿＿＿＿＿
> ＿＿＿＿＿＿＿＿＿＿。我想起(2)＿＿＿＿＿＿＿＿＿
> ＿＿＿＿＿＿＿＿＿＿＿＿＿＿＿＿＿＿＿＿＿＿＿。
>
> 是我粗心大意，沒小心收藏它。是我的錯，我應該聽媽媽的話。

寫作提示

記述事情要注意情節完整，清楚交代因果關係。其中「原因」是重點，要詳細記敍，「結果」較次要，可以略寫。

記物　友伴同行

4 消失的音樂盒　　17

5 我的熊娃娃

 **佳作共賞**

開首（第1段）：描述熊娃娃的外貌特徵。

① 對比：寫熊娃娃由昔日胖胖的身軀，轉變為今天的瘦小，暗示熊娃娃陪伴「我」已有一段長時間，還經常被「我」搓揉，在小細節中流露與熊娃娃的深厚感情。

正文（第2段）：記述熊娃娃是媽媽朋友送給「我」的一歲生日禮物。

正文（第3段）：記述一次熊娃娃被扯斷手的難忘事件。

② 詳略有致：略寫與其他玩偶一起玩和媽媽修補熊娃娃的情況，詳寫與弟弟搶奪熊娃娃的經過，把焦點放在描寫對象，突顯「我」對熊娃娃的重視，可見作者能夠妥當處理寫作材料。

　　我的熊娃娃有黃色的毛髮、白色的鼻子、啡色的鼻孔、柔軟的耳朵和呆呆的眼睛。① 以前，它擁有胖胖的身軀；現在，它變得瘦小了。因為從一開始，我便經常搓它的身體，弄得它「扁塌塌」的。

　　在我一歲生日的時候，媽媽的朋友送了這個熊娃娃給我，這是我第一份生日禮物，也是我第一個布娃娃玩具。媽媽還說當我收到它後，高興得手舞足蹈呢！

　　有一次，媽媽做飯的時候，我和弟弟在客廳玩耍。② 我帶熊娃娃、布丁狗、索柏等布娃娃和他一起玩。我們玩着玩着……突然，弟弟從我手中搶走熊娃娃，我又從他手中搶回來，我們不斷地拉拉扯扯熊娃娃的手。「啪！啪！啪！」熊娃

小作家檔案

姓名：楊凱澄　　年級：四年級

學校：聖公會置富始南小學

娃的手斷開了！我崩潰得大哭。幸好，媽媽用她神乎其技的縫紉技術修補熊娃娃。看到修補後的熊娃娃回復原貌，我才破涕為笑。

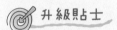熊娃娃陪伴了我差不多九年，我仍然很喜歡它。它在我開心、害怕、悲傷和生氣的時候總是陪伴着我，我希望和熊娃娃永不分離。

總結（第4段）：抒發對熊娃娃的喜愛和深厚感情。

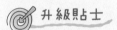升級貼士

開首提到熊娃娃被「我」弄得扁塌塌，結尾可回應開首，點出熊娃娃雖然殘舊了，但「我」仍然珍惜它，以首尾呼應。又可以轉換敘事人稱，以第二人稱呼喚熊娃娃，直接表達對它的喜愛，令抒情更具感染力。

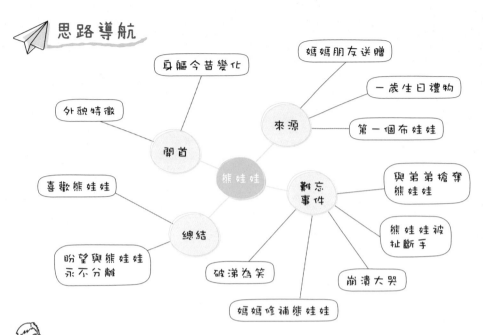

媽媽朋友送贈

一歲生日禮物

第一個布娃娃

來源

身軀今昔變化

外貌特徵

開首

熊娃娃

難忘事件

與弟弟搶奪熊娃娃

熊娃娃被扯斷手

喜歡熊娃娃

總結

盼望與熊娃娃永不分離

破涕為笑

崩潰大哭

媽媽修補熊娃娃

校長爺爺點評

　　作者先描寫熊娃娃的樣子，然後透過媽媽的說話來描述自己在一歲生日時，收到熊娃娃時的開心樣子，這個細節處理得很好，因為作者當時年僅一歲，年紀那麼小肯定記不起當時的情況。

　　接着作者通過記述一件事，道出和弟弟弄斷熊娃娃的手，幸好最後媽媽把它修補好，有失而復得，破涕為笑的情況。

　　作者僅是四年級學生，就能把事件詳略有致地記述清楚，可說寫得不錯！

好詞補給站

崩潰	修補	柔軟的	扁塌塌	手舞足蹈
拉拉扯扯	神乎其技	回復原貌	破涕為笑	永不分離

好句補給站

關於轉變的句子

- 以前，它擁有胖胖的身軀；現在，它變得瘦小了。因為從一開始，我便經常搓它的身體，弄得它「扁塌塌」的。

- 從前那個貪吃懶做的表哥，近來像變了個人似的，一天到晚孜孜不倦地發奮讀書，真是「士別三日，刮目相看」。

- 世上沒有永恆不變的事物，時代不斷變化，猶如洪水勢不可當。我們要不斷學習新知識，才能跟上時代的急速步伐。

小練筆

試運用第二人稱改寫本文結尾段，以加強抒情效果。

寫作提示

我們常用第一人稱「我」或第三人稱「他（她／它／牠）」寫作。但當想表達較強烈的感情時，可以轉換為第二人稱（「你」）。轉換人稱時，為免造成混亂，宜先直接呼喚寫作對象的名稱，提醒讀者注意。

6 一盒象棋勾起的回憶

組織及寫作手法

開首（第1段）：交代爺爺即將來港，抒發興奮心情。

正文（第2段）：帶出記敘線索——象棋，引起對爺爺的思念，並描繪他的外形。

① 首尾呼應：第2和7段都提到想起爺爺的容貌，首尾呼應，除了使結構嚴謹，也加強表達作者對爺爺的思念。

正文（第3段）：以盆栽作引入，過渡到下文回憶往事。

升級貼士

本題寫由一盒象棋勾起回憶，第2段由象棋引發對爺爺的思念，下文可直接記述往事，無須在第3段加插過渡段，以回應題目的要求。

正文（第4段）：回憶爺爺家中種滿各式各樣植物，對此留下深刻印象。

② 排比：連用四個排比句描繪爺爺家中四種花卉，每組排比句使用複句甚至多重複句；並運用擬人、比喻手法

佳作共賞

聽到爺爺即將赴港的消息，我興奮得手舞足蹈起來！

我跑回房間，從抽屜裏拿出那盒陳舊的象棋。看着它，① 眼前立即閃現出那張鶴髮童顏的臉，那雙老鷹似的眼睛炯炯有神，還有如參天大樹般高大的身形……

我心懷喜悅地為爺爺收拾房間，卻忽然想起，爺爺會不會嫌棄我家沒有盆栽？

小時候，我去爺爺家住過一段時間。爺爺家可謂「植物百科全書」呢！整個家前院後院都被他種滿了花花草草，在爺爺的細心照料下，它們千姿百態，有的花團錦簇，有的孤芳自賞，傲立羣芳。② 記憶最深的是那秋海棠纖小淺白的花瓣，嬌紅而不豔俗；牽牛花爬滿了屋簷，像給房屋披上了一件綠色的斗篷；月季花露出粉紅色的臉頰，如一位害羞的姑娘；紫藤花開出無數朵玲瓏的小花，乍一看，似無數小星星衝我眨巴眨巴眼睛……院子裏，一

陣陣清香隨風撲來，沁人心脾！

　　在爺爺家的日子真是世外桃源般舒心愜意。我和爺爺常常在花叢中一起遊戲，一起下棋，有時候還一起到池塘邊釣魚⋯⋯沒事兒的時候我會纏着爺爺講故事，他講得最多的就是《三國演義》，還教我把三十六計運用到下棋中。

　　轉眼間到了離別的日子，我思緒萬千，在機場登機前，爺爺送給我一盒象棋，他叫我勤力練習，日後有機會再切磋。

　　現在，機會終於來了，爺爺要來香港了！我環顧四周，家中雖然沒有簇擁的花朵，但是舒適整潔；沒有各式的玩意兒，卻有一盒百「下」不厭、彰顯智慧的象棋。想着想着，①我又看到那張鶴髮童顏的臉，看到那雙炯炯有神的眼睛，③他離我愈來愈近，愈來愈近了⋯⋯

修飾句子，內容豐富，描寫細緻。

正文（第5段）：回憶爺孫一起遊玩、說故事和下棋。

升級貼士

可加強描述爺爺教導「我」下棋的情節，使下文寫爺爺送棋的發展有了依據，也能強化象棋作為記敍線索和抒情載體的角色。

正文（第6段）：回憶離別時，爺爺送一盒象棋給「我」，鼓勵「我」勤力練習。

總結（第7段）：回到現實，表達對爺爺即將來港的期待。

③頂真：運用頂真句，配合省略號結尾，讓讀者想像爺爺正從遠方一步步地走來，餘味無窮。

記物　溫馨親情

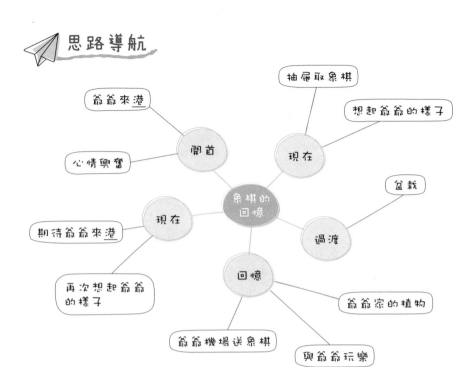

校長爺爺點評

作者聽到爺爺來港的消息十分興奮，連忙取出他送贈的禮物來，那是一盒變得陳舊的象棋。然後作者描寫爺爺的容貌，回想曾住過爺爺家的日子，一切一切都記敍得很真實，而且結構嚴謹，很有條理，內容十分豐富細緻。

好詞補給站

眨巴	切磋	陳舊的	玲瓏的	簇擁的
手舞足蹈	鶴髮童顏	參天大樹	千姿百態	花團錦簇
孤芳自賞	傲立羣芳	沁人心脾	舒心愜意	思緒萬千

 好句補給站

關於花卉的句子

* 記憶最深的是那秋海棠纖小淺白的花瓣，嬌紅而不豔俗；牽牛花爬滿了
  屋簷，像給房屋披上了一件綠色的斗篷；月季花露出粉紅色的臉頰，如
  一位害羞的姑娘；紫藤花開出無數朵玲瓏的小花，乍一看，似無數小星
  星衝我眨巴眨巴眼睛……

 小練筆

假如你是作者，試補充一段爺爺教導「我」下棋的情節。

寫作提示

可先寫爺爺教導「我」認識象棋的配件、佈局和走法等，再記述在學習過程遇
到的難處、樂事或領悟，以及爺爺的教導。同學亦可善用人物描寫手法，突顯
角色的形象。

7 失去

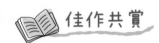 佳作共賞

開首（第1段）：指出失去的是籃球，它是「我」最愛惜的東西。

正文（第2段）：指出籃球是爸爸送給「我」，有獨一無二的價值。

① 擬人：把籃球當作爸爸的隊友，陪伴爸爸衝鋒陷陣和飽歷風霜，以彰顯籃球的價值意義，也讓讀者理解作者份外珍惜它的原因。

正文（第3段）：記述「我」平日很愛惜籃球。

② 行動描寫：描述「我」悉心保養籃球，加強表達「我」對籃球珍而重之。

正文（第4段）：記述「我」遺失籃球，遍尋不獲。

③ 明喻：以離弦之箭比喻飛快跑回球場的速度，突顯「我」心裏十分着急。

很多人都有遺失物件的經歷，我也不例外，而我遺失了當時最愛惜的籃球。

這個籃球獨一無二，它是爸爸年輕時用過，一直保留到現在的。①它陪伴過爸爸在球場上衝鋒陷陣，飽歷風霜。後來爸爸把這籃球送給我，變成了我的第一個籃球，所以我份外珍惜它。

我非常愛惜這籃球，把它當作兒子般對待，②每次當我用這籃球練習後，都會把它抹得一塵不染，然後珍而重之地放在書房裏。

有一天，我在練習籃球時，突然下起滂沱大雨，我匆忙離開卻把籃球遺留在球場。當我發現遺失了籃球後，③立刻像離弦之箭般衝回球場尋找。可是，我找了很久仍找不到它，我十分失望，心如刀割，眼淚就像泉水般湧出來。

我回到家後，感到既傷心又遺憾，像失去了精神支柱，做甚麼事也提不起勁。

後來，爸爸買了一個新的籃球給我，可是，我絲毫沒有感到開心，反而有一份對舊籃球的懷念之情。不論那個舊籃球有多殘舊，它彷彿是爸爸的化身，是我的精神支柱，它蘊含的意義，是其他籃球沒法取替的。

正文（第5段）：抒發「我」失去籃球的傷心。

　升級貼士

第5段描寫傷心的情緒較為粗疏籠統，難以引發讀者共鳴。宜舉例子和運用適當的人物描寫手法，具體描述怎樣傷心難過和提不起勁，把感情充分表現出來。

總結（第6段）：由籃球引申出父子之情，帶出它蘊含沒法取替的意義。

記物　溫馨親情

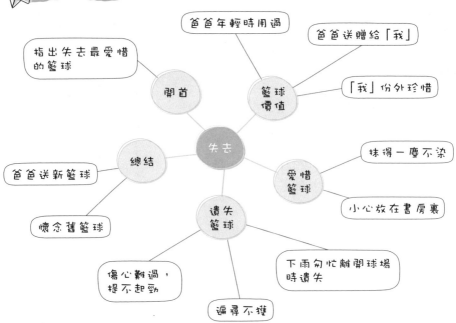

指出失去最愛惜的籃球

開首

爸爸年輕時用過

籃球價值

爸爸送贈給「我」

「我」份外珍惜

失去

總結

爸爸送新籃球

懷念舊籃球

愛惜籃球

抹得一塵不染

小心放在書房裏

遺失籃球

傷心難過，提不起勁

遍尋不獲

下雨匆忙離開球場時遺失

校長爺爺點評

　　作者對失去父親年輕時用過的籃球感到十分難過，後來得到爸爸送的新籃球後，仍對舊的念念不忘，充分顯示出他對舊物有深厚的感情，新的不易取代。文中記述了舊籃球陪伴過爸爸在球場衝鋒陷陣，更能讓讀者理解作者珍惜舊籃球的原因。

好詞補給站

遺失	遺留	絲毫	獨一無二	衝鋒陷陣
飽歷風霜	一塵不染	珍而重之	滂沱大雨	離弦之箭
心如刀割	精神支柱	提不起勁	懷念之情	沒法取替

 好句補給站

關於珍惜事物的句子

- 每次當我用這籃球練習後，都會把它抹得一塵不染，然後珍而重之地放在書房裏。

- 不要感歎人生短暫、福禍無常，要珍惜每一片晴朗天空，讓生活充滿希望；要珍惜每一個擁抱與微笑，讓心靈得到溫暖；要珍惜每一個時刻，努力創造人生。

 小練筆

試續寫本文第 5 段，刻畫「我」做事提不起勁和傷心難過。

> 　　我回到家後，感到既傷心又遺憾，像失去了精神支柱，做甚麼事也提不起勁。_____
>
> _____
>
> _____

寫作提示

描寫人物的感情或性格時，要舉出具體例子，或捕捉當事人的行為、表情、心理等，從各方面作微細的刻畫。例如描寫「提不起勁」，可記述對平日的喜好失去興趣；記述與籃球相關的事物，藉此引發傷感之情，並通過肖像、行動、心理和語言描寫，把傷心情感描繪出來，使讀者感同身受。

有趣的一課

 佳作共賞

開首（第 1 段）：從不同學科引入題目。

正文（第 2 段）：指出最喜歡常識課，以及常識老師令同學期待上課。

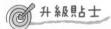 升級貼士

第 1 和 2 段分段太瑣碎。第 1 段作為開首，未有帶出明確的立意，令讀者有點摸不着頭腦。而第 1 和 2 段在內容上有連貫，宜合併作一段處理，令開首起到提綱挈領的作用。

正文（第 3 段）：記述陳老師用跳芭蕾舞的方式講解中西方文化，令同學大笑。

① **行動描寫**：描繪陳老師跳芭蕾舞的舉止，突顯他風趣幽默的形象。

② **感歎號／反問**：先用感歎號分隔「芭蕾舞」三字，再以反問句加強語氣，充分表現作者對陳老師跳芭蕾舞的震驚感受，也加深了讀者對陳老師的印象。

　　◎校園的生活多姿多彩，每天都有不同的課堂，例如：中文、英文、數學、常識等等，每天我都可以學到許多不同的新知識。

　　在林林總總的課堂中，我最喜歡上常識課，因為常識老師經常給我們帶來驚喜，所以每天我都十分期待上這一課。

　　有一天，陳老師要教授「世界各地文化」這一課，那時的情景，我現在還歷歷在目。老師給我們講解中國和西方文化，當講到西方舞蹈時，①他突然彬彬有禮地走到課室中間，腳尖點地，慢慢地旋轉起來。只見他翩翩起舞，還提起雙臂當作裙子。②大家一看便知道他在跳芭！蕾！舞！你可見過身高一米八幾，身形健碩的芭蕾舞演員？他一舉手，一投足，每個動作都在努力地呈現芭蕾舞的特點，可是又

那麼滑稽，那麼詼諧，全班同學都忍不住哄堂大笑起來，③那笑聲快把屋頂都給掀開了！

好不容易冷靜了下來，大家繼續認真地聽講。他開始給我們介紹世界各地的建築，講到中國的特色建築時，善於模仿的他又動用起自己的身體了。④⑤你看，他挺直了身軀，雙手垂下，可手掌卻向兩邊翹起。打一中國傳統建築的一個部分。你們猜到了嗎？對，那是傳統建築中的屋簷。我們又禁不住哈哈大笑起來，整個課室頓時洋溢着歡樂的氣氛。

多麼有趣的課堂啊！陳老師每次都施展渾身解數，繪形繪聲地講解課文，他使每一份知識都能以獨有的方式展現出來，讓我們留下深刻的印象。我喜歡常識課！

③ 誇張：誇大同學的笑聲可以掀開屋頂，想像力豐富，也加強表達眾人大笑不停。

正文（第4段）：記述陳老師用動作模仿中國建築，令課堂充滿歡樂氣氛。

④ 行動描寫：描繪陳老師模仿屋簷的姿勢，具體傳神。

⑤ 第二人稱敍事：文章插入第二人稱，把讀者稱為「你」，作者與讀者直接對話，讓讀者彷彿置身現場，參與陳老師和同學的活動中。而適當地轉變敍事角度，能使文章有起伏變化，不會單調。

總結（第5段）：總結陳老師以獨特生動的方式講解課文，令同學印象深刻。

思路導航

介紹西方舞蹈

陳老師跳芭蕾舞

講解
中西方文化

同學哄堂大笑

引入介紹
常識老師

指出最喜
歡常識課

開首

有趣的
一課

總結陳老師的
獨特教學方法

總結

介紹世界
建築

介紹中國
建築特色

表達對常識課
的喜愛

同學大笑

陳老師模仿屋簷

 校長爺爺點評

　　作者能觀人於微，文章寫得很細緻、有趣。例如描寫陳老師時用「彬彬有禮」、「腳尖點地」、「翩翩起舞」、「提起雙臂當作裙子」等字句，記述他跳芭蕾舞的樣子，刻畫入微。

　　描寫陳老師扮屋簷，也能將情景描繪得栩栩如生，令人會心一笑，也寫出課堂上同學哄堂大笑和洋溢着歡樂的氣氛，是美好的寫作例子。

好詞補給站

舉手	投足	滑稽	詼諧	翹起
洋溢着	林林總總	歷歷在目	彬彬有禮	腳尖點地
身形健碩	哄堂大笑	善於模仿	渾身解數	繪形繪聲

好句補給站

關於姿勢動作的句子

- 他突然彬彬有禮地走到課室中間，腳尖點地，慢慢地旋轉起來。只見他翩翩起舞，還提起雙臂當作裙子。

- 他一舉手，一投足，每個動作都在努力地呈現芭蕾舞的特點，可是又那麼滑稽，那麼詼諧。

- 他挺直了身軀，雙手垂下，可手掌卻向兩邊翹起。打一<u>中國傳統建築</u>的一個部分。你們猜到了嗎？對，那是傳統建築中的屋簷。

小練筆

試把跳水運動員的姿勢動作，細分成幾個小動作，細緻地描繪出來。

> 原句：跳水運動員在跳板起跳，在空中做出高難度動作，再衝入水中。
>
> 改寫：跳水運動員在跳板＿＿＿＿＿＿＿＿＿＿＿＿＿＿＿＿＿＿＿
>
> ＿＿＿＿＿＿＿＿＿＿＿＿＿＿起跳，在空中＿＿＿＿＿＿＿＿＿＿＿
>
> ＿＿＿＿＿＿＿＿＿＿＿＿＿＿＿＿＿＿，做出高難度動作，
>
> 再＿＿＿＿＿＿＿＿＿＿＿＿＿＿＿＿＿＿＿＿＿衝入水中。

寫作提示

動作要寫得細緻，除了要仔細觀察，還可以把大動作細分為幾個小動作，把每個小動作按一定次序具體地描寫出來。

9 同學，謝謝你

組織及寫作手法

開首（第1段）：運用倒敘法，直接抒發對麵包和「她」的感受，以製造懸念，憶述往事。

正文（第2段）：回憶某天匆忙上學來不及吃早餐，午飯前已經肚子餓。

① 過渡句：在段落結尾設置懸念作為過渡，加強段與段之間的連貫性，也能吸引讀者追看下去。

正文（第3段）：交代「我」發現忘記帶食物盒上學，絕望得想哭。

正文（第4段）：記述同學恩智把自己的麵包給「我」吃，讓「我」不用餓肚子。

② 對話：運用對話推展情節，並突出恩智細心體貼、慷慨大方和關懷備至的性格。

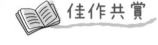

佳作共賞

③ 直到今天，這塊麵包仍然令我回味無窮，她的善良依然讓我沒齒難忘。

那天，我遲了起牀，匆匆忙忙地梳洗後，便背起書包直奔學校，連早餐也忘了吃。離午飯時間還有兩小時，我的肚子已經餓得咕咕叫。我心想：小息時吃媽媽為我準備的小吃，肚子應該不會那麼餓吧，① 可是我的想法卻被現實徹底地打破了。

小息時，當我打開書包，東尋西覓，才發現原來今早上學太匆忙，連食物盒也忘記了帶。我絕望地坐在椅子上，差點哭了起來。

過了一會兒，肚子又餓得咕嚕咕嚕地響，這聲音被我的同學恩智聽到了。② 我以為她會取笑我，沒想到她卻說：「你沒吃早餐嗎？我這裏有一塊麵包，先給你吃吧！」我目瞪口呆地看着她，說：「你不餓嗎？」她笑着說：「沒關係，我今天早

上吃了一大碗麵呢，你就吃吧！」她把那塊麵包遞給我，我感激不盡地說：「謝謝你！」話沒說完，我就把手上的麵包拿過來，狼吞虎嚥地吃了起來。終於，肚子不餓了。我又對她說了一句感謝，上課的鐘聲響起，我們便回課室上課。

　　③ 在別人眼中，雖然這是一塊平平無奇、淡而無味的麵包，但在我看來，它是一頓美味的佳餚，因為裏面充滿了愛。恩智同學，謝謝你！

總結（第 5 段）：藉麵包讚美恩智滿載愛心，並表達對她的感謝。

③ 首尾呼應：開首指麵包令「我」回味無窮，結尾指麵包充滿愛令它變得美味；開首提到「她」令「我」沒齒難忘，結尾直接感謝恩智。通過前後照應，以加強主題，加深讀者印象。

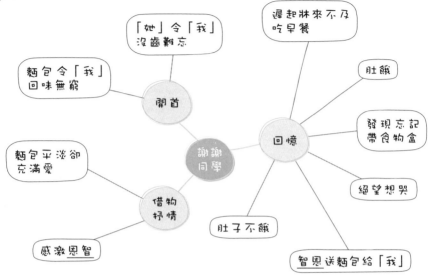

「她」令「我」沒齒難忘

麵包令「我」回味無窮

遲起牀來不及吃早餐

肚餓

發現忘記帶食物盒

開首

回憶

謝謝同學

麵包平淡卻充滿愛

絕望想哭

借物抒情

肚子不餓

感激恩智

智恩送麵包給「我」

校長爺爺點評

　　作者首段寫出「這塊麵包」令她回味無窮，然後記敍因為遲起牀，沒吃早餐便上學，小息時發覺連食物盒也忘記帶，肚子餓得很，從而帶出恩智同學將麵包送給她充飢，充分表達同學的愛。最後作者表示多謝恩智同學，是一篇散播愛心與關懷的動人文章。

好詞補給站

直奔	佳餚	咕咕叫	徹底地	絕望地
回味無窮	沒齒難忘	匆匆忙忙	東尋西覓	咕嚕咕嚕
目瞪口呆	感激不盡	狼吞虎嚥	平平無奇	淡而無味

好句補給站

關於借物抒情的句子

* 在別人眼中，雖然這是一塊平平無奇、淡而無味的麵包，但在我看來，它是一頓美味的佳餚，因為裏面充滿了愛。

* 媽媽親手煮的飯菜獨一無二，滿滿都是家的味道，幸福的味道。

* 我們的友誼像一杯白開水，簡簡單單，純真純潔。

小練筆

試在以下句子中，配上適當的詞語和對白，以表現人物的性格特徵或反應。

例子：我目瞪口呆地看着她，說：「你不餓嗎？」她笑着說：「沒關係，我今天早上吃了一大碗麵呢，你就吃吧！」

(1) 媽媽露出＿＿＿＿＿＿＿＿樣子，大聲地＿＿＿＿＿＿＿＿我，說：「你做錯事不認錯，還推卸責任，令我太失望了！」

(2) 同學看見壁虎害怕得尖叫逃走，<u>家強勇敢地站出來</u>，說：「＿＿＿＿＿＿＿＿＿＿＿＿＿＿＿＿＿＿＿＿＿＿＿＿＿」

寫作提示

對話可以推展情節和表現人物性格，但我們要配上適當的對白、形容詞、動詞等，才能達到上述效果。

10 媽媽哭了

佳作共賞

開首（第1段）：刻畫媽媽的身影和樣子令我留下深刻印象，為文章製造懸念，追憶往事。

正文（第2段）：回憶往事，渲染衝突前的寧靜氣氛，揭開事件的序幕。

① 氣氛營造：在衝突爆發前先營造寧靜的氣氛，以醞釀情緒，增加緊張感。

正文（第3段）：承接上文，記述媽媽突然破門而入責罵「我」，觸發衝突。

② 擬聲詞：段落開首巧妙地使用擬聲詞，既能吸引讀者注意，也可用作情節的轉換。

正文（第4段）：記述媽媽在雨中哭着尋找「我」，把情節推至高潮。

③ 借喻：「亂箭」既比喻雨水，也隱含心緒凌亂，比喻巧妙。

④ 描寫層次豐富：描寫媽媽哭，先寫她哽咽，再寫她淚水愈發明顯，接着寫她放聲

媽媽那個焦急的身影，眉頭深鎖的樣子，一直在我的腦海中縈繞着，至今仍歷歷在目。

那天陽光普照，我和媽媽一如既往地各忙各的。① 家裏的氣氛很寧靜，一切看起來都是那麼平常。

②「砰──」忽然，我聽到一聲猶如打雷的開門聲。頓時，心知不妙，「你為甚麼總是不整理房間？我也很辛苦的，你就不能學一下別人……」媽媽埋怨道。媽媽接二連三的責備聲，把和諧的氣氛打破了。「好，那就永遠別見到我！」我激動地衝出家門，一口氣跑到公園。

到了傍晚，天色驟變，③ 天空落下無數支亂箭，我迫不得已躲在樹旁的滑梯下。突然，我看見一個若隱若現的人影向公園快步過來，仔細一看，原來是媽媽。④「玲諭！玲諭！」媽媽哽咽道。媽媽焦急地在公園裏不停地踱步，冰冷的雨水拍打着她的臉，令她臉上的淚水愈發明顯。我只敢偷偷探出頭來，望着眼神空洞的媽

媽。⑤媽媽終於忍不住掊住臉，放聲大哭，可是雙手也掩蓋不住洪水般的淚水。我感到徬徨無助，不知道如何去面對她，更不知道如何去安慰她。我閉上眼睛沉思，腦海裏不斷浮現出媽媽絕望的樣子。

　　突然，我感受到一雙粗糙又溫暖的手撫摸着我的臉龐。我緩緩睜眼，瞪大眼睛，目光呆滯地看着淚如泉湧、臉無血色的媽媽。媽媽哭了，她邊哭邊安慰我：「乖，回家吧……」我愣住了，只是任由媽媽牽着我走。

　　回到家中，我開始整理房間，把房間收拾得有條不紊。媽媽看見這一幕，馬上過來抱住我，說：「真懂事……我的女兒真懂事！」⑤媽媽又哭了，我伸手去抱着媽媽。那一刻，雖然天氣很冷，但我的心卻格外溫暖。

　　媽媽哭的樣子令我銘記於心，她其實很寬容，無論我做錯甚麼事，最後都會原諒我。我也要做一個既體諒媽媽，又懂事的孩子，不再令她傷心。

大哭，最後雙手掩蓋不住洪水般的淚水。哭的層次反映了焦急擔憂層層遞進，描寫鮮明逼真。

正文（第5段）：記述媽媽找到「我」，帶「我」回家。

🎯 升級貼士

媽媽牽着「我」的手，寓意破裂的關係重新建立，可再細緻描述二人牽手一刻，如雙手的大小、質感、溫度、力度，使情感增溫，加強感染力。

正文（第6段）：記述事件完結，「我」回家後與媽媽和好如初。

⑤ 情感細膩：文章兩次描寫媽媽哭，第一次是在公園裏，媽媽因找不着女兒而無助憂心地痛哭；第二次是在家裏，媽媽因看見女兒懂事而感動高興得哭。兩次哭蘊含不同情感，但都是出於對女兒的愛，這樣寫來文章更豐富。

總結（第7段）：回應題目，指出媽媽的哭令「我」留下深刻印象，並承諾會懂事不讓媽媽傷心。

記人　溫馨親情

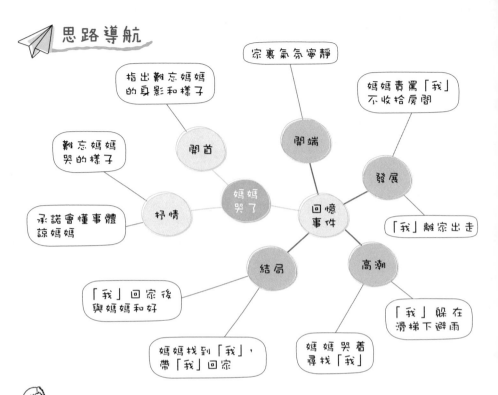

- 家裏氣氛寧靜
- 指出難忘媽媽的身影和樣子
- 媽媽責罵「我」不收拾房間
- 難忘媽媽哭的樣子
- 承諾會懂事體諒媽媽
- 開首
- 開端
- 發展
- 媽媽哭了
- 抒情
- 回憶事件
- 「我」離家出走
- 結局
- 高潮
- 「我」回家後與媽媽和好
- 「我」躲在滑梯下避雨
- 媽媽找到「我」，帶「我」回家
- 媽媽哭着尋找「我」

校長爺爺點評

　　這是一篇很感人的記敘文，有動人場景，如：寧靜的家裏忽然響起如打雷的開門聲；冰冷的雨水拍打着媽媽的臉。

　　文中記敘的情節也很動人，如：媽媽冒雨尋女和女兒自己整理房間懂事起來；其中「粗糙又溫暖的手撫摸着我的臉龐」和「媽媽又哭了，我伸手去把着媽媽」，都寫得很感人，可見作者情感細膩。

好詞補給站

縈繞	哽咽	踱步	愣住	摀住臉
眉頭深鎖	歷歷在目	一如既往	心知不妙	接二連三
天色驟變	迫不得已	若隱若現	眼神空洞	掩蓋不住
目光呆滯	淚如泉湧	臉無血色	有條不紊	銘記於心

 好句補給站

關於哭泣的句子

- 媽媽終於忍不住摀住臉，放聲大哭，可是雙手也掩蓋不住洪水般的淚水。
- 我緩緩睜眼，瞪大眼睛、目光呆滯地看着淚如泉湧，臉無血色的媽媽。

 小練筆

試續寫本文第 5 段，描寫「我」和媽媽牽手的感覺。

媽媽哭了，她邊哭邊安慰我：「乖，回家吧⋯⋯」我愣住了，只是任由媽媽牽着我走。媽媽的手＿＿＿＿＿＿＿＿＿＿＿＿＿＿＿＿＿

＿＿＿＿＿＿＿＿＿＿＿＿＿＿＿＿＿＿＿＿＿＿＿＿＿＿＿＿＿＿

＿＿＿＿＿＿＿＿＿＿＿＿＿＿＿＿＿＿＿＿＿＿＿＿＿＿＿＿＿＿

＿＿＿＿＿＿＿＿＿＿＿＿＿＿＿＿＿＿＿＿＿＿＿＿＿＿＿＿＿＿

＿＿＿＿＿＿＿＿＿＿＿＿＿＿＿＿＿＿＿＿＿＿＿＿＿＿＿＿＿＿

＿＿＿＿＿＿＿＿＿＿＿＿＿＿＿＿＿＿＿＿＿＿＿＿＿＿＿＿＿＿

＿＿＿＿＿＿＿＿＿＿＿＿＿＿＿＿＿＿＿＿＿＿＿＿＿＿＿＿＿＿

11 人間有真情

組織及寫作手法

開首（第1段）：記述一次看電視節目《霎時感動》，留下了刻骨銘心的印象。

正文（第2段）：記述大衛的妻子病逝，令他傷心不已，人生計劃也被打亂。

① 明喻：以高山跌進低谷，比喻大衛從幸福滿溢至沉痛沮喪的經歷，比喻貼切。

正文（第3段）：記述大衛某天幫助了一名乞丐，從中找到生存的意義。

升級貼士

大衛給了乞丐一瓶水後頓悟了甚麼，從而找到生存的意義？這裏可交代大衛的感受或想法，令人物形象可感，讀者能從中得到啟發。

正文（第4段）：記述大衛每天幫助乞丐，給予他們物資和關愛，記住他們的名字。

佳作共賞

　　上個月，我無聊地開啟電視，無意地看了新的電視節目——《霎時感動》。這集的主題是「萬人迷」，而節目至今仍令我刻骨銘心。

　　節目講述從前有一位美國人，名叫大衛，他在年少時賺了很多錢。大衛當時打算在退休後跟妻子環遊世界，而他在臨近退休時，也終於賺到足夠的錢。可惜，那時候他的妻子因心臟病離開了人間。① 大衛的心情像從高山跌進低谷般沮喪。

　　那時候的大衛甚至想結束自己的生命。有一天，大衛走到街上。突然，有一名乞丐緊握着他的雙手，說：「兄弟，請問你可以買一瓶水給我嗎？」大衛二話不說，立即買了一瓶水給乞丐，更找到了生存的意義。

後來，②大衞用了所有的儲蓄買了很多水和毛巾，開始每天給乞丐派水和毛巾。每當大衞派水和毛巾給乞丐時，總會給他們擁抱，甚至跟他們一起聊天。最重要的是，他會記住每個乞丐的名字。

③大衞會記住乞丐們的名字，是因為他知道這些乞丐已經甚麼都沒有了，他們只剩下名字。大衞想，如果連他也不記住這些乞丐的名字，那麼他們便會覺得自己已經沒有存在價值。

這時，④頑皮的眼淚爭先恐後地從我的眼睛湧出來。是驚恐的眼淚？是失落的眼淚？都不是，那是感動的眼淚！我被大衞深深地感動。在我心裏，他就是一個名副其實的「萬人迷」。從大衞的經歷中，我學會了活得精彩，其實不一定在乎賺到了多少錢，而是要珍惜和重視自己的生命。

② 行動描寫：描繪大衞用盡儲蓄買水和毛巾給乞丐，跟他們擁抱、聊天和記住每個人的名字，展現大衞不吝財富，全心照顧弱勢社羣，令人敬重。

正文（第5段）：交代大衞記住乞丐名字的原因。

③ 主題深刻：本段詳寫大衞記住乞丐的名字，能把珍視生命的主題昇華。乞丐一無所有只剩下名字，大衞記住每個乞丐的名字，即重視每個生命的價值。作者能在敘事的基礎上，選取有助體現和深化主題的材料來寫。

總結（第6段）：「我」給大衞的行為深深地感動，帶出珍惜和重視生命的啟悟。

④ 擬人：形容眼淚頑皮地爭先恐後湧出來，加強了抒情的效果。

記人　社會百態

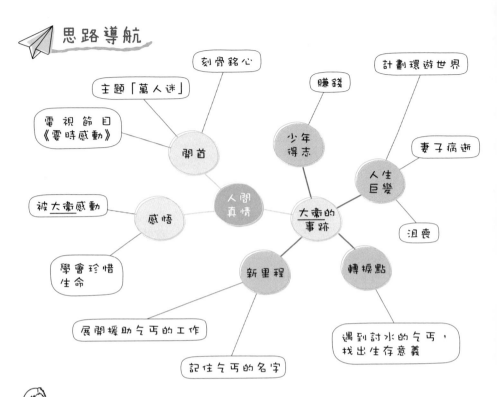

思路導航

刻骨銘心

主題「萬人迷」

電視節目《雲時感動》

開首

賺錢

少年得志

計劃環遊世界

人生巨變

妻子病逝

被大衛感動

感悟

人間真情

大衛的事跡

沮喪

學會珍惜生命

新里程

轉捩點

展開援助乞丐的工作

記住乞丐的名字

遇到討水的乞丐，找出生存意義

校長爺爺點評

作者看了電視節目，將內容用記敘的方式寫成文章。故事主角大衛少年得志，然後遭逢人生巨變，妻子病逝後變得沮喪，甚而想了結生命。後因遇到討水的乞丐，受他啟發而重新振作起來。文章有條不紊，選材得當，寫得很好！

好詞補給站

臨近	沮喪	儲蓄	擁抱	失落
無意地	緊握着	湧出來	刻骨銘心	二話不說
存在價值	爭先恐後	名副其實	活得精彩	生存的意義

 好句補給站

關於珍惜生命的句子

* 我學會了活得精彩，其實不一定在乎賺到了多少錢，而是要珍惜和重視自己的生命。

* 假如生活欺騙了你，不要憂鬱，也不要憤慨！不順心的時候暫且容忍：相信吧，快樂的日子就會到來。（普希金）

 小練筆

試續寫第 3 段，描寫乞丐的樣子，並記述大衞從中得到甚麼啟悟，從而找到生存的意義。

> 有一天，大衞走到街上。突然，有一名乞丐緊握着他的雙手，說：「兄弟，請問你可以買一瓶水給我嗎？」大衞二話不說，立即買了一瓶水給乞丐。大衞看着這個乞丐，他＿＿＿＿＿＿＿＿＿＿＿＿＿＿＿＿＿＿＿＿＿＿＿＿＿＿＿＿＿＿＿＿＿＿＿＿＿＿。
>
> 大衞感到＿＿＿＿＿＿＿＿＿＿＿＿＿＿＿＿＿＿＿＿＿＿＿＿＿＿＿＿＿＿＿＿＿＿＿＿，更找到了自己生存的意義。

寫作提示

抓住關鍵物品「水」，刻畫乞丐喝水的樣子，表露他對水的渴求；再由乞丐對水的渴求連繫到對生命的珍惜，用簡潔的句子帶出感悟。

12 摘桃記

組織及寫作手法

開首（第1段）：先寫夏天已至，再憶起一八年夏天到日本岡山摘桃。

① 聽覺描寫：以聽見蟬鳴開展文章，與夏季的時間設定相符，構思用心，使讀者馬上能投入文章要記述的場景。

正文（第2段）：記述與岡山和白桃相關的資料。

② 資料充足：能把與岡山和白桃相關的資料轉化為文章中的段落，幫助讀者理解文章，並期待閱讀下文。

正文（第3段）：記敘看見桃園的情景和感受。

升級貼士

相對簡單地重複抒發興奮之感，如果能更仔細敘述當下感受，或調整形容情感的字句，會有更好的抒情效果。

正文（第4段）：記敘「我」和家人摘桃的情況。

佳作共賞

① 轉眼間，聽見蟬鳴，才驚覺夏天已至。有一年的夏天至今在我的腦海裏揮之不去，那是二零一八年的夏天，我們一家三口去了日本岡山摘桃。現在回想起來，那摘桃的情景依然記憶猶新。

②《桃太郎》是日本廣泛流傳的民間故事，聞名的岡山縣是桃太郎的故鄉。當地盛產水果，白桃是受歡迎的水果之一，還被譽為「日本一美味」。每年七至八月是岡山白桃當造的季節，旅行團特別安排了這項摘桃活動，我們異常興奮。

從小到大，從沒試過採摘新鮮水果、更沒到過果園的我，看到一大片桃園呈現眼前，興奮之情實在難以言喻。桃樹長得不算高，每棵樹上結滿一個個色澤飽滿、白裏透紅的白桃。在午後和暖的陽光照射下，驟眼望去，就像一幅美麗的田園風景畫。

我在工作人員協助下小心翼翼地摘下了人生第一個桃子。媽媽還特意幫我拍下

這歷史一刻呢！看看手中晶瑩剔透的白桃，一陣陣清香撲鼻，我忍不住聞了又聞。爸爸開玩笑說我的臉龐已長出兩顆小白桃了！

這白桃看起來飽滿，吃起來軟滑可口，香甜無比，水份極多，果然名不虛傳！③我吃了一個還想再吃一個。那情景令我想起《西遊記》中，孫悟空大鬧天宮偷吃蟠桃時，也是一個接一個地吃得停不下來。我相信，這岡山白桃絕對比得上仙桃啊！

其他團友也迫不及待吃了起來，看見他們一臉滿足的吃相，你就知這白桃有多鮮甜美味了！果園中，歡樂、滿足、讚歎之聲不斷。

轉眼間到了離開的時間。我依依不捨地看着這片桃園，喃喃自語：要是家中也有桃樹該多好啊！

想到這，我的口水快流出來了，不知何時可以再到岡山採摘白桃。

正文（第5段）：記述品嘗白桃的體驗。

③聯想豐富：能從白桃的美味聯想到仙桃，從自己對白桃的渴望想像到《西遊記》情節，聯想豐富，亦有助讀者理解與想像。

正文（第6段）：記述團員品嘗白桃的反應。

正文（第7段）：記述離開桃園的感受。

總結（第8段）：思緒回到現實，表達對白桃和岡山的懷念。

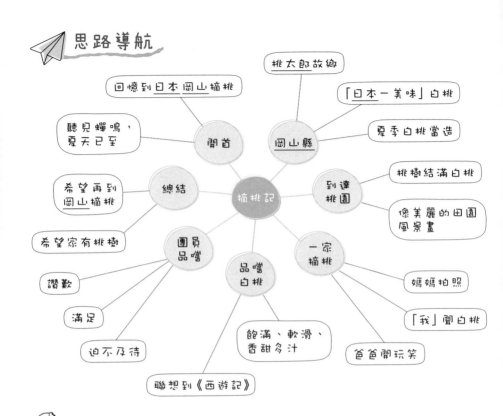

思路導航

- 開首
  - 聽見蟬鳴，夏天已至
  - 回憶到日本岡山摘桃
- 岡山縣
  - 桃太郎故鄉
  - 「日本一美味」白桃
  - 夏季白桃當造
- 到達桃園
  - 桃樹結滿白桃
  - 像美麗的田園風景畫
- 一家摘桃
  - 媽媽拍照
  - 「我」聞白桃
  - 爸爸開玩笑
- 品嚐白桃
  - 飽滿、軟滑、香甜多汁
  - 聯想到《西遊記》
- 團員品嚐
  - 讚歎
  - 滿足
  - 迫不及待
- 總結
  - 希望再到岡山摘桃
  - 希望家有桃樹

（摘桃記）

校長爺爺點評

　　這篇文章很生動有趣，爸爸開玩笑說作者臉龐已長出兩顆小白桃，便是一個好例子。

　　作者又引述《西遊記》中孫悟空偷吃蟠桃，有如她吃白桃吃得停不下來的神情，有助看過《西遊記》的讀者理解與想像。文章活潑生動，聯想豐富，值得一讚。

好詞補給站

驚覺	揮之不去	記憶猶新	廣泛流傳	民間故事
色澤飽滿	驟眼望去	田園風景	歷史一刻	晶瑩剔透
軟滑可口	名不虛傳	大鬧天宮	讚歎之聲	喃喃自語

好句補給站

關於植物的句子

- 這白桃看起來飽滿，吃起來軟滑可口，香甜無比，水份極多，果然名不虛傳！

- 我吃了一個還想再吃一個。那情景令我想起《西遊記》中，孫悟空大鬧天宮偷吃蟠桃時，也是一個接一個地吃得停不下來。我相信，這岡山白桃絕對比得上仙桃啊！

- 桃李賞一片落葉吻湖泊的寒音，長松染一身日暮過草原的暖香。

小練筆

試簡單記敘你第一次到某地方的感受或想法。

寫作提示

在記敘文中，適量的對白不但能推進劇情發展，更能直接或間接地表現出說話者的思想情感。不一定要有其他人物才可以對話，也可以是自言自語，甚至發揮想像，與動物、與景物或者與死物對話，不過要注意對白的數量不宜太多，每一句都要有記述的理由。

13 一次難忘的學校旅行

組織及寫作手法

開首（第 1 段）：交代今天學校旅行日的目的地，再帶出對旅行的期望和感受。

正文（第 2 段）：記述到達目的地的情況。

正文（第 3 段）：記敘在爬高比賽過程中發生意外。

升級貼士

雖然有嘗試描寫景物及動作，但選用的四字詞略嫌簡單概括。如果能以自己的文句，配合誇張及動作描寫等寫作手法，相信會更見創意。

① 觸覺描寫：能準確記述身在高處的清涼，觀察入微，並為下文目擊意外的感受和反思作鋪墊。

② 心理描寫：寫出目擊意外的即時反應及當下感受，並以誇張手法描述驚嚇的嚴重。

佳作共賞

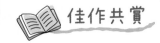

　　今天是學校旅行日，我和同學出發往目的地大帽山郊野公園。我懷着雀躍的心情步上旅遊車，心想：難得可以和同學一起旅行，一定要玩個痛快。

　　到達目的地後，我恨不得立即飛進大自然的懷抱中。鳥語花香的環境和老師安排的有趣集體遊戲，讓我把學習煩惱拋到九霄雲外。

　　午飯後的自由活動時間，我和好朋友小明，還有其他同學周圍閒逛。突然，我們發現了一個高聳入雲的攀爬架，興奮得手舞足蹈。我迫不及待攀到架上，大叫：「你們快點爬上來吧！看誰爬得最快最高！」同學一窩蜂地衝上來。① 正當我在架中享受涼風拂面的清涼感覺時，突然聽到小明說：「看！我差一步就可爬到最高的一點，你們快認輸吧！」「那裏好像太高了，你要小心摔倒啊！」同學小美說。說時遲，那時快，小明一腳踏空，從架上跌了下來。② 我頓時目瞪口呆，嚇得差點心臟病發。

小作家檔案

姓名：麥月　　年級：四年級
學校：聖公會柴灣聖米迦勒小學

　　幸好小明只是輕傷。但這次事件令我十分後悔，畢竟「爬高比賽」是我提議的。我心裏忐忑不安，哭着向小明道歉。③沒想到小明反過來安慰我說：「你不用傷心，這次我也有錯，沒有注意安全，我們以後做事前一定要考慮後果，才不會樂極生悲。」我用力點頭表示同意，從今以後都要三思而後行了。

總結（第4段）：記述意外的結果，表達自己對意外感難過，並從同學的安慰中得到反思。

③ 結尾自然：以同學的安慰作結，話語中帶有對意外的反思，亦透過「我」的回應表示從此會三思而後行，自然地以故事結局作為有意義的文章結尾。

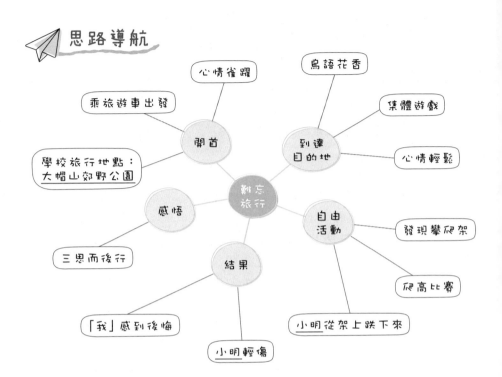

難忘旅行

開首
- 心情雀躍
- 乘旅遊車出發
- 學校旅行地點：大帽山郊野公園

到達目的地
- 鳥語花香
- 集體遊戲
- 心情輕鬆

感悟
- 三思而後行

自由活動
- 發現攀爬架
- 爬高比賽
- 小明從架上跌下來

結果
- 「我」感到後悔
- 小明輕傷

校長爺爺點評

本篇記敘文在結尾帶出反思，表明自己有悔意，並向小明道歉，引出做事要顧慮周全，且要做個有責任感的人，收結自然，寫得不錯。

好詞補給站

一窩蜂	玩個痛快	九霄雲外	自由活動	高聳入雲
手舞足蹈	涼風拂面	一腳踏空	目瞪口呆	忐忑不安
考慮後果	樂極生悲	用力點頭	三思而後行	

好句補給站

關於三思的句子

- 我用力點頭表示同意，從今以後都要三思而後行了。

- 我們常考慮的三件事情：未來的勞累快將到來、現在的面具尚在臉上，過去的眼淚揮之不去。

小練筆

你會如何記述第 3 段中，「我」和同學發現攀爬架的情況與反應？試改寫原文。

突然，_____

_____

_____

_____

_____

_____

_____

_____

_____

寫作提示

內在的情感與外在的神態息息相關，透過描述寫作對象的行為表現，可以間接地表達出他們的情感。例如眼神、表情、聲線、身軀、皮膚及手足等，不同變化都能反映不同情感。

記遊　遊歷探索

14 遊長洲

組織及寫作手法

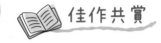 佳作共賞

開首（第1段）：記述看見樹梢嫩芽隨風搖擺，「我」憶起去年聖誕假期和爸媽去長洲。

① 用詞優雅：以較常用作描述人羣或江水等實物的「縈繞」一詞，形象化地描述不可見的回憶，用詞優雅，並使讀者易於理解主角對那些回憶的情感。

正文（第2段）：記述長洲的美食、海灘及整體環境。

正文（第3段）：記述張保仔洞的環境與歷史。

　　微風輕拂，樹梢一片片嫩芽自由自在地和風搖擺，不禁讓我回想起去年聖誕假期，爸爸媽媽和我到長洲遊玩的美好時光。那次旅行，更成了一幕幕回憶，① 在我的腦海不斷縈繞。如今，珍貴美好的經歷，只能在夢中尋覓。

　　尚記得，那次我們乘坐小船到長洲，然後吃了著名的食物——大魚蛋和糯米糍。我一看到這兩款美食，已經垂涎三尺了，我們都吃得津津有味。過了一會，我們到了一望無際的大海灘。「撲通！」我跳進不冷不熱的大海，並擁抱着它。這碧藍的海洋搭配淡黃的沙灘，簡直是人間仙境哦！長洲果然不負所望，這裏不但空氣清新，環境還很優美。而我和爸爸媽媽正是因為想遠離市區，呼吸一下新鮮空氣，才來到這裏。

　　然後，我們攀山越嶺，來到了張保仔洞。從遠處望去，只是平平無奇的幾塊大石重疊在一起，不過這可是張保仔洞，豈會平凡呢？從洞口望進去，裏面黑漆漆，

像魔鬼的嘴巴。我心驚膽戰地慢慢踏進洞中，地面非常濕滑。② 聽說這是著名海盜張保的藏寶洞。很久以前，張保跟他的父親出海捕魚，海盜鄭一在途中把他擄走。不久，鄭一死了，張保逃走後創立紅旗幫，成為了著名的海盜。

我們由張保仔洞出來後，在附近逛了一會，再去碼頭旁邊，進行爸爸的強項——釣魚。我們等了不久，魚餌開始動了。③「嗖！」大石斑撲面而來，差不多有我的頭那麼大呢！然後，我們滿足地走到海鮮酒家，爸爸拿出大魚交給廚師，我已經急不及待想大吃一頓了。我們吃過晚飯後，便依依不捨地回家。

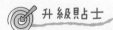光陰似箭，日月如梭，終於要打道回府。坐船回家時，我倚窗仰望，白雲朵朵，想起了鬼斧神工的美景，那如詩如畫的景色一直埋藏在我心底，仍是那麼迷人，仍是那麼燦爛，仍是那麼嫵媚，久久揮之不去。

② 資料充足：以海盜相關的歷史傳聞替代描寫遊洞的畫面，詳略得宜，別開生面，使讀者了解更多關於海盜的生平背景。

正文（第 4 段）：記述釣魚和吃飯。

③ 繪聲繪影：以擬聲詞呈現挑竿收線的短促，石斑撲面而來，頗有趣味地形容了石斑的大小，可見作者的感情色彩。

總結（第 5 段）：記述坐船回家時，對遊長洲的感想。

升級貼士

引句不當，較少如此描述一天左右的遊歷，與前文格格不入，可用自己的文句創作更合適的比喻。

思路導航

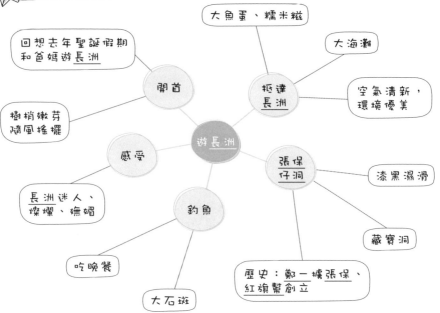

大魚蛋、糯米糍

大海灘

空氣清新，環境優美

抵達長洲

回想去年聖誕假期和爸媽遊長洲

開首

遊長洲

樹梢嫩芽隨風搖擺

感受

張保仔洞

漆黑濕滑

長洲迷人、燦爛、嫵媚

釣魚

藏寶洞

吃晚餐

大石斑

歷史：鄭一擄張保、紅旗幫創立

 校長爺爺點評

　　作者除了介紹長洲的景點張保仔洞外，還介紹了長洲的美食大魚蛋和糯米糍，也記述了和家人垂釣和把漁獲送去海鮮酒家給廚師烹調出美味佳餚，資料充足，繪聲繪影，是很真實的記敍文。

　　倘能提及大海灘名叫東灣，那裏水清沙幼和曾誕生了香港首位奧運金牌得主：風帆好手李麗珊，更能突顯該地的獨特之處。

好詞補給站

微風輕拂	自由自在	不斷縈繞	夢中尋覓	不冷不熱
不負所望	攀山越嶺	出海捕魚	大吃一頓	打道回府
倚窗仰望	白雲朵朵	鬼斧神工	如詩如畫	揮之不去

好句補給站

關於觀光玩樂的句子

- 那次旅行，更成了一幕幕回憶，在我的腦海不斷縈繞。如今，珍貴美好的經歷，只能在夢中尋覓。

- 「撲通！」我跳進不冷不熱的大海，並擁抱着它。這碧藍的海洋搭配淡黃的沙灘，簡直是人間仙境哦！

- 我們等了不久，魚餌開始動了。「嗖！」大石斑撲面而來，差不多有我的頭那麼大呢！

小練筆

假如讓你改寫第 5 段，你會怎樣運用學過的修辭或寫作手法開展段落？

> _____
>
> _____，
>
> 終於要打道回府。

寫作提示

在記敍文的最後一段，很多時候敍述到時間的長短、內心的悲喜等主觀想法及感受。對比是把兩種事物並舉，相對比較，使兩者的對立及各自的特徵更明顯。透過對比，能使敍述更具體，更清楚地使讀者體會到這些想法與感受。

15 參觀濕地公園

組織及寫作手法

開首（第1段）：記述暑假和家人參觀香港濕地公園。

正文（第2段）：記述公園的瀑布聲及花草。

正文（第3段）：記述到「貝貝之家」參觀。

① 步移法：能寫出濕地公園不少具體景點，並能記下相關景點會出現的小動物，內容豐富。且能按照遊覽路線，每段記述一個景點，使段落分明，各有重點。

正文（第4段）：記述到「紅樹林浮橋」參觀。

② 人物形象統一：在每個主要段落，都能記述「我」對小動物或未知的事物表現出戰戰而兢兢，形象統一，可見人物特色。

③ 人物心思細膩：文章中的人物多能體會其他人與小動物的感受，將對小動物的滋擾盡量降至最低，亦能安撫對方，提醒對方，使讀者欣賞他們的細膩心思。

佳作共賞

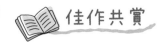

　　暑假的一天，我們一家到天水圍的香港濕地公園參觀，💡我感到十分高興。

　　一下車，還沒到達公園，嘩啦嘩啦的瀑布聲傳了出來，我們看到五彩繽紛的花花草草。

　　①首先，我們到「貝貝之家」參觀，貝貝是香港唯一圈養的鱷魚，牠一動不動的，好像睡了。突然，牠走到玻璃前，張開嘴巴，好像想咬人似的，②我嚇得躲在媽媽後面，💡十分害怕。媽媽說：「傻瓜，隔了玻璃，牠咬不到你的。」我聽了放鬆了點，沒有那麼害怕。③貝貝在進食，我還是不打擾牠吧！

　　①接着，我們走過彎彎曲曲的小徑，到了「紅樹林浮橋」。我跑到橋上，橋發出「嗒嗒」的聲音，②我連忙跑到爸爸身旁，用手抱住爸爸的大腿。③爸爸看透了我的心思，說：「別害怕，浮橋不會掉下

來的。」我看了看爸爸，勇敢地走過這座浮橋。 哇！我看到橋下有很多小動物呢！① 有彈塗魚和招潮蟹，平日只在網上或課本上看見，沒想到可以在這裏親眼看到，我非常興奮。

① 然後，我們休息了一會，再到觀鳥屋。我走到門前，看到木板寫了「保持安靜」，③ 爸爸說：「進去要安靜，不要嚇到小動物啊！」② 於是我放輕腳步，慢慢地進入觀鳥屋。我拿起望遠鏡一看，哇！好美啊！① 我看到小白鷺和黑臉琵鷺，我感到十分開心。

時間過得真快，不知不覺已到黃昏，我依依不捨地坐車回家去。我這次學會了很多小動物的知識，希望下次能再參觀香港濕地公園呢！

正文（第 5 段）：記述到觀鳥屋參觀。

🎯 升級貼士

抒情方式略嫌重複單調，不是以「十分」配搭形容詞的直接抒情，則是以「哇」作呼告表示驚歎。建議考慮其他修辭及寫作手法，並以句子描述代替基本的形容詞，避免文章出現的情感不是高興則是開心，未能呈現對各種事情的不同感受。

總結（第 6 段）：歸納參觀濕地公園學到很多知識，希望下次再去。

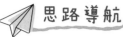
思路導航

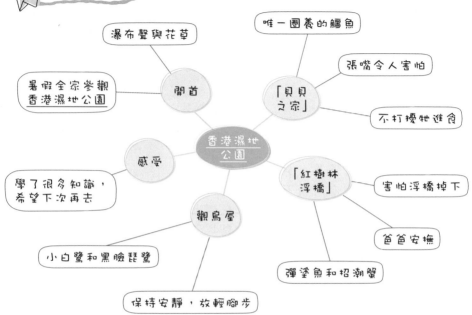

瀑布聲與花草

暑假全家參觀
香港濕地公園

開首

唯一圈養的鱷魚

張嘴令人害怕

「貝貝
之家」

不打擾牠進食

香港濕地
公園

感受

學了很多知識，
希望下次再去

「紅樹林
浮橋」

害怕浮橋掉下

觀鳥屋

爸爸安撫

小白鷺和黑臉琵鷺

彈塗魚和招潮蟹

保持安靜，放輕腳步

校長爺爺點評

　　作者遊濕地公園，將鱷魚貝貝、「紅樹林浮橋」、橋下彈塗魚和招潮蟹，還有觀鳥屋和望遠鏡，也一一記敍出來，段落分明，各有重點，以四年級的學生來說，是一篇描寫得很全面的文章。

好詞補給站

圈養	鱷魚	浮橋	看透	觀鳥
彈塗魚	招潮蟹	小白鷺	嘩啦嘩啦	花花草草
一動不動	彎彎曲曲	保持安靜	放輕腳步	黑臉琵鷺

好句補給站

關於動物的句子

- 貝貝是香港唯一圈養的鱷魚，牠一動不動的，好像睡了。突然，牠走到玻璃前，張開嘴巴，好像想咬人似的。

- 我看到橋下有很多小動物呢！有彈塗魚和招潮蟹，平日只在網上或課本上看見，沒想到可以在這裏親眼看到。

- 不需要一口空氣，不需要一片土地，只需要在魚鈎之間嬉戲。學習寬恕，學習慈悲的言語，學習希冀一場暴雨，然後偶遇一種奇遇。

- 溪中絕多魚，時裂水面躍出，斜日映之，有如銀刀。（陸游《入蜀記》）

小練筆

除了直接寫「害怕」之外，還可以怎樣敍述恐懼？試改寫原文第 3 段。

> 我嚇得躲在媽媽後面，_____
>
> _____
>
> _____

寫作提示

我們的身體與情感息息相關，會因為情感變化而出現不同反應。這些反應可能是細微的，我們很多時候也沒有發現。透過回憶與想像，尋找這些不同的反應，成為我們抒情與寫作時的材料，能使文句變得細緻而帶來共鳴。

16 遊青衣自然徑

組織及寫作手法

開首（第1段）：記述興奮地回校參加新春步行籌款日。

正文（第2段）：交代步行路線青衣自然徑，並記敍從踏進校門到出發的過程。

正文（第3段）：記述沿途所見的自然景觀。

① 善於寫景：先寫小徑的整體形態，然後敍述兩旁小草，透過「調皮地」、「鑽」和「招手」等字，童趣地把小草擬人化。再寫沿途風景時，以「奇形怪狀」、「鬼斧神工」等字描述自然景觀，用字巧妙而精準。

正文（第4段）：記述來到涼亭，休息後再往高處走。

② 引用詩句：引用王之渙名句，表達「我」繼續往上的決定和理由，使段落顯得比較典雅，亦使讀者聯想起風景的美麗。

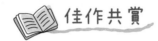

佳作共賞

今天是我期待已久的新春步行籌款日，我牽着媽媽的手，懷着興奮的心情回到學校。

剛踏進校門，只見一片熱鬧，同學都在興奮地討論今天的活動路線——青衣自然徑。我和好朋友小齊從學校出發，沿着寮肚路走大約五分鐘，來到青衣自然徑的入口。

我們沿着青衣自然徑的石級往上走。① 小徑彎彎曲曲，兩旁的小草調皮地從泥土鑽了出來，像跟我們招手似的。沿途有不少奇形怪狀的大樹，我們一邊欣賞，一邊讚歎大自然的鬼斧神工。

走過一段路，我們來到涼亭，坐下休息一會。② 所謂「欲窮千里目，更上一層樓」，休息過後，我們決定再往高處走，欣賞更美的風景。一路上微風輕輕吹拂我的頭髮，好不舒爽！

　　我們走在又長又斜的小徑上，③本來覺得沒有甚麼大不了，加快腳步，一衝而上。可是我們因為走得太快，體力逐漸透支，雙腳也不聽使喚。這時小齊問我：「你這麼快走不動了？我打賭你一定上不去山坡的最頂點。」我聽到後，生氣地說：「我一定可以，看看誰最快到達吧！」

　　我用盡力氣，衝上山坡。③來到野餐區，我已經累得睜不開眼了。正要休息，聽到小齊的呼喊，原來他喚我過去看風景。我跟他走過去，極目遠眺，山下的風景盡收眼底。宏偉的青馬大橋映入眼簾，橋上的汽車小得像慢慢爬行的螞蟻，城中大廈像一排排高大的士兵。這樣美的風景，我還是第一次見呢！

　　回到集合地點後，我和小齊還在回味今天看到的風景呢！今天的活動既讓我們欣賞美麗的風景，亦能為善事出力，真有意義啊！

正文（第5段）：記述途中體力不繼。

🎯 升級貼士

第5段小齊的話激起「我」生氣，若對話內容與文章內容乃至文章主題相關（青衣或新春步行籌款），語言描寫會更充分有理。

正文（第6段）：記敘抵達終點的所見所感。

③敘述具體：能把小朋友登山時常見心態和行動準確寫出，並透過描述雙眼和雙腳的狀態反映體力透支，細緻具體。

總結（第7段）：表達今天活動的意義，總結全文。

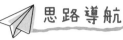

思路導航

小徑彎彎曲曲

小草招手

大樹奇形怪狀

新春步行籌款日

有意義

開首

石級

看美麗風景，
為善事出力

感受

遊青衣
自然徑

涼亭

欲窮千里目，
更上一層樓

微風輕拂

大廈似士兵

野餐區

小徑

汽車如螞蟻

體力透支

青馬大橋宏偉

小齊排彎

校長爺爺點評

　　作者在首段寫出學校舉辦步行籌款日這善舉，在總結時指出能為善事出力，甚有意義，首尾作出呼應，寫作結構很好。

　　中段介紹青衣自然徑沿途的風景，山頂有野餐區，還可眺望青馬大橋，山下汽車小得像螞蟻，城中大廈像士兵，都記敍得頗有童趣，細緻具體，十分傳神。

好詞補給站

期待已久	步行籌款	一片熱鬧	彎彎曲曲	鑽了出來
鬼斧神工	輕輕吹拂	又長又斜	加快腳步	一衝而上
不聽使喚	用盡力氣	睜不開眼	盡收眼底	慢慢爬行

 好句補給站

關於草木的句子

- 小徑彎彎曲曲，兩旁的小草調皮地從泥土鑽了出來，像跟我們招手似的。

- 沿途有不少奇形怪狀的大樹，我們一邊欣賞，一邊讚歎大自然的鬼斧神工。

 小練筆

按照文章的主題與內容，你會怎樣在第 5 段寫下小齊與「我」的對話？試改寫原文。

> 這時，小齊 _____
>
> _____
>
> _____
>
> _____
>
> _____
>
> _____
>
> _____
>
> _____

寫作提示

語言描寫不一定要獨立存在，可以與動作描寫、神態描寫或心理描寫等手法互相配合，推進情節。描寫過程中，亦應該留意人物身處的環境、進行中的事件與行動，從而寫出相應而恰當的語句。

17 參加動漫展

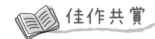 佳作共賞

正文（第3段）：記述排隊輪候漫畫家簽名的經過和結果。

① 描述有趣：透過「軟了的」和諧音的「蹬」與「等」，形容雙腿的狀況與動作，表示排隊的時間不短，使排隊的疲倦更明顯，讀者更能感同身受。

正文（第4段）：描述影視區的熱鬧情況。

我剛醒來，窗外還是白茫茫一片。漸漸地，外面的曙光透了進來，我隨着雀鳥的歌聲起來，洗漱後背起背囊去動漫展。

到了現場，我買票後便迫不及待地進入場地。我懷着興奮的心情踏進展覽館，只見不少身穿動漫人物服裝的扮演者四處閒逛。有的穿古裝，有的穿洋裝……這樣一看，使我也躍躍欲試。我走過去，跟其中一位扮演者合了照。我甜滋滋地看着那張照片，走向下一個區域。

我繼續往裏面走，看到一位漫畫家在給讀者簽名，還送贈小禮物。我走向人羣，找到「龍尾」排起隊來。過了差不多半小時，我拿到了畫家的親筆簽名，以及一個漫畫人物掛件，還和畫家聊了幾句。我懷着依依不捨的心情，① 蹬了蹬等軟了的雙腿，往最熱鬧的地方去。

接着我進了最熱鬧的影視區，那裏除了設有大量的動漫投屏，還有工作人員的模仿表演秀。圍觀的人很多，好不熱

鬧！我走進人羣湊熱鬧，擠着擠着竟擠進最前方，剛好看見工作人員在模仿一部動漫的劇情。②動作、表情簡直和動漫人物一模一樣，讓我不禁想起「台上一分鐘，台下十年功」這句話。他們為了表演，到底練習了多久呢？

　　表演結束了，我走向紀念品店。我在店裏轉了一圈，思考許久才決定買一個精緻的小掛件回家。③等我走出動漫展已是黃昏，我回頭看了看，不捨地離開了。

 升級貼士

過量運用「熱鬧」一詞，建議可多記述遊覽動漫展的行程安排與遊覽順序、同學對展覽館不同區域的感受與評價、人羣圍觀的情況或身處人羣的感受。

②心思細膩：能從工作人員的模仿秀，想起表演人員的短暫演出與事前所花的時間成強烈對比，思考並注意到為了精彩表現而需要努力練習，呈現與一般觀眾不同的思考角度。

總結（第5段）：記述參觀結束，首尾呼應，雖然天色已變，但對動漫展仍依依不捨。

③首尾呼應：在文章結尾提及已是黃昏，與首段提及的曙光首尾呼應，反映參觀動漫展的時間長短，使文章整體感覺完整。

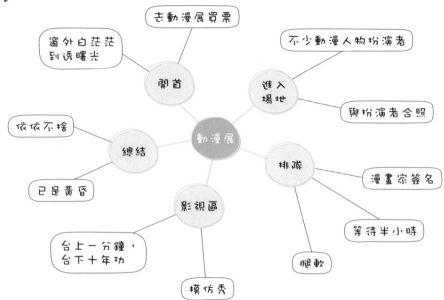

 校長爺爺點評

作者能將動漫展有趣地記敍出來：如身穿動漫人物服裝的扮演者四處走動，有漫畫家親筆簽名，還有模仿表演秀和紀念品店，都記敍得不錯。

如能加插描述和隨行同伴的活動情況，還有邊走邊看的心情更佳。

好詞補給站

曙光	洗漱	白茫茫	扮演者	甜滋滋
蹬了蹬	湊熱鬧	精緻的	四處閒逛	躍躍欲試
走向人羣	擠着擠着	一模一樣	轉了一圈	思考許久

 好句補給站

關於演出的句子

- 動作、表情簡直和動漫人物一模一樣，讓我不禁想起「台上一分鐘，台下十年功」這句話。他們為了表演，到底練習了多久呢？
- 演一場真實的戲，做一個真實的自己。
- 燈光很亮，螢光很閃，但不及台上掛上的笑容閃亮。

 小練筆

如果不可以寫「熱鬧」二字，你會怎樣記述熱鬧的場面？試以動漫展或其他你喜歡的活動作為主題簡單敍述。

寫作提示

「熱鬧」很多時候是代表人數很多、聲音很大、很擁擠及很開心等情況，只要能把熱鬧的原因記述下來，並注意到上述四方面的相關細節，即可使讀者更容易想像和體會到場面的熱鬧。

18 珍惜

組織及寫作手法

開首（第1段）：交代自己外表出眾，而默書成績總不理想，但有天竟得滿分。

① 用字獨特：在文章開首開宗明義指出自己外表出眾，並以通常形容外表的「帥」字，談論默書成績不太出色，令文章開首感覺新鮮。

正文（第2段）：記敍向媽媽宣佈滿分消息的經過及反應。

正文（第3段）：記敍在森林穿越時空的經過。

正文（第4段）：記敍逃離怪物的經過。

② 構想新穎：在文章中設計了一段類近小說的劇情，令情節緊湊而生動，並且在特別場景中塑造出主角的人物特色。

 佳作共賞

① 我是個帥哥，但我的成績一點也不「帥」，每一次拿默書回家，我都會低着頭，等待媽媽歇斯底里的訓斥。但是有一天，我竟然得到一百分！我感到好開心，並打算將這個「奇跡」告訴媽媽。

晚上，媽媽終於回家了，我迫不及待向媽媽公佈這個「奇跡」。誰知媽媽沒有一絲笑容，沒有一句讚賞或鼓勵，還叮囑我：「你快點幫忙做家務，這麼大了，還在這裏囉唆！」我簡直晴天霹靂，感到十分難過，心想：為甚麼我會有這樣的媽媽？為甚麼！

我趁媽媽不在，打算離家出走，並到森林散心。到了森林，我坐在一座滑梯上思考人生。忽然，我滑倒了。天空發出猛烈的光芒，我疑惑着，現在是晚上，天應該黑的，為甚麼會有光芒呢？

我站起來，才發現自己到了另一個空間。② 這個空間裏有很多奇形怪狀的怪物，我小心翼翼地走進森林。突然，一隻怪物發現了我，我匆匆忙忙地逃走，卻逃不出怪物的視線。對怪物來說，我就像一粒灰塵，一腳就能把我踢到懸崖邊。怪物愈來愈逼近我了！

突然，我看到怪物身上有很多傷口，戰戰兢兢地問牠：「③你⋯⋯你是不是長期不受重視？而且家人經常罵你，經常打你，令你感到傷心憤怒？」怪物點了點頭，表示終於有人關心牠、明白牠了！牠露出一絲笑容。最後，這隻怪物不但沒傷害我，更指引我逃出奇異空間，還送了一些禮物給我。

一道閃光過後，我終於回到現實世界。我睜開眼睛，才發現原來剛才的事情只是一場夢，我還坐在滑梯上。我趕忙回家，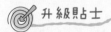看見媽媽在門前等他，她顯得非常擔心、焦急，令我感到十分內疚。他便鼓起勇氣，跟媽媽道歉：「對不起！我擅自去了森林裏，還打算離家出走⋯⋯」媽媽回答：「我才要說對不起！你是因為拿到一百分，但我完全不替你高興而感到難過，對吧？由於我太忙碌了，累得沒有心情，我才這樣子的。」兩個人就這樣互相擁抱，解開了心結，度過了一個難忘的晚上。

各位同學，父母是我們最親密的人，遇到問題，要多溝通，多體諒，一定要珍惜與家人相處的每一日。

正文（第5段）：記敍與怪物的互動。

③ 對白設計用心：從對白可見主角的見微知著及富同情心，能透過對怪物的關心和了解去化解危機，並側面描寫了主角渴求家人重視的心態。

正文（第6段）：記敍回到現實後與媽媽互相道歉。

升級貼士

句中的「他」宜改為「我」。寫記敍文之前要先決定文章的敍事觀點，按題目要求或情節的需要選取第一人稱或第三人稱。如果沒有合理的原因，不宜突然轉換觀點或通篇選用第二人稱敍述，以免出現閱讀上及寫作上的困難。

總結（第7段）：總結與家人面對問題時要多溝通及體諒，並提醒讀者珍惜與家人相處的時光。

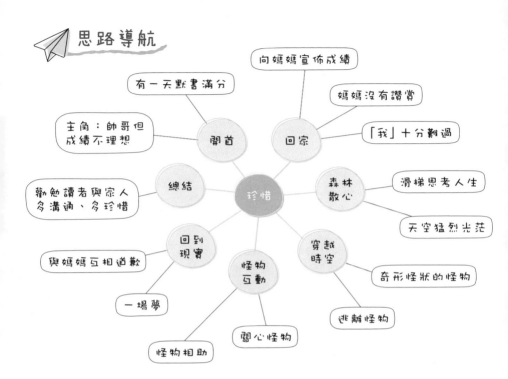

思路導航

- 有一天默書滿分
- 主角：帥哥但成績不理想
- 開首
- 向媽媽宣佈成績
- 媽媽沒有讚賞
- 「我」十分難過
- 回家
- 珍惜
- 森林散心
- 滑梯思考人生
- 天空猛烈光芒
- 總結
- 勤勉讀者與家人多溝通、多珍惜
- 回到現實
- 與媽媽互相道歉
- 一場夢
- 怪物互動
- 穿越時空
- 奇形怪狀的怪物
- 逃離怪物
- 關心怪物
- 怪物相助

校長爺爺點評

　　這是一篇奇特的文章。先是作者自我形容為「帥哥」，然後記述每次默書成績都很低，今次竟然「奇蹟」得到一百分，再記述因為得不到媽媽讚賞而離家出走，卻不經意到了另一個空間，發生奇趣的情節。全文情節緊湊生動，豐富了角色與文章內容。

　　這篇文章寫得很好，給人奇特新鮮的感覺。

好詞補給站

奇跡	散心	猛烈	心結	歇斯底里
晴天霹靂	思考人生	奇形怪狀	匆匆忙忙	戰戰兢兢
傷心憤怒	點了點頭	奇異空間	現實世界	鼓起勇氣

好句補給站

關於珍惜的句子

* 遇到問題，要多溝通，多體諒，一定要珍惜與家人相處的每一日。

* 為未來遇上快樂、為偶然寂寞而珍惜，別為過去流下眼淚、別為不再珍貴而可惜。

小練筆

假如讓你用第三人稱改寫第 6 段，你會怎樣寫？

> 一道閃光過後，_____

寫作提示

以第三人稱敘述的最大好處是視角不受限制，所有人物、時空與事件都可以寫。但由於不受限制，內容取捨成為了寫作時的一大難關。一般而言，作者不得不集中選擇與故事主題相關而吸引的材料，否則讀者很快會因為難以投入角色而失去繼續閱讀的興趣。

19 一件見義勇為的事

組織及寫作手法

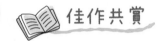

佳作共賞

開首（第1段）：記敍城中有人偷走籌款箱。

今天發生了一件見義勇為的事。在東西城中，因管理籌款箱的職員離開了崗位，去了洗手間，所以有人趁機偷走了慈善機構放在商場的小籌款箱。

正文（第2段）：記述「我」發現可疑的中年男子。

① 外貌描寫：用心設計及描述該中年男子的外貌，並注意到眼神、毛髮及飾物等細節，使讀者聯想有關特徵如何反映人物性格。

我懷疑身穿深色西裝的中年男子偷了籌款箱。① 那男子的頭光禿禿的，一個高高的鼻子頂着一副玳瑁金絲眼鏡，兩道又粗又黑的眉毛，雙目似劍。他手捧着一個禮物盒，上面的絲帶顏色和籌款箱的一樣，兩個盒的大小也差不多。當我走經這中年男子時，我隱約聽到「噹啷噹啷」，懷疑是硬幣撞擊的聲音。我還看到他口袋露出一張來自鄰近超級市場的發票，那中年男子很大可能經過慈善機構的籌款箱。

正文（第3段）：記述「我」與可疑男子對望，男子慌張逃走。

② 神態描寫：仔細而寫實地描述該中年男子焦急慌張的神態，使讀者對後續情節更好奇，亦使人物形象生動。

當我們的目光碰上，② 他立刻別過頭，神情焦急地把禮物盒緊抱懷中，還慌張地盯着停泊在商場外的私家車，好像要預備隨時逃跑。我深感懷疑，心想：如不捉拿這小偷，善款可能給偷走。所以，我下定決心跟蹤這個可疑的男子。

　　他走到商場外面，跳上私家車，以最快的速度開車駛離，③而我也跳上自己的跑車，風馳電掣般緊隨其後。他駛入一條狹窄而佈滿泥濘的車道，停在一座破舊不堪的大宅前。我把車駛到灌木叢後便報警，隨即用手機把小偷和他的同夥的一舉一動拍攝下來。警察很快來到捉拿賊人，小偷瘋狂地掙扎，而他的同夥嘗試逃竄，但警員把他們捉拿並壓在地上，最後把他們拘捕，並拾回善款箱。

　　警員讚揚我是個見義勇為的好市民。透過這件事，我深深體會到「助人為快樂之本」的道理。

正文（第4段）：記敘「我」跟蹤男子的經過。

③想像豐富：設計出一位見義勇為、富有且善於隱匿的主角，並記敘角色途經車道、大宅等特色鮮明的場景，使情節發展更加合理。

升級貼士

作者可以自由決定主角從事件中得到甚麼體會，但較為理想的處理手法是得到的體會與故事情節密切相關，並有所解釋。另一種處理手法是就文章主題調整情節發展、詳略取捨等，令主題更單一而明顯。目前以「助人為快樂之本」作為體會，而敘述情節時並不以「助人」作為主線，對主角情感的敘述亦相對不多，未見「快樂」對文章的重要之處。

總結（第5段）：呼應主題，總結對事件的體會。

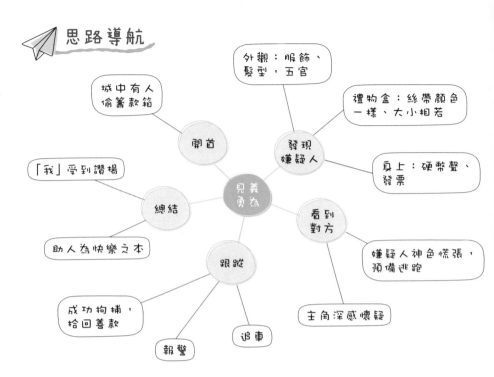

思路導航

- 開首
  - 城中有人偷籌款箱
- 發現嫌疑人
  - 外觀：服飾、髮型，五官
  - 禮物盒：絲帶顏色一樣、大小相若
  - 身上：硬幣聲、發票
- 見義勇為（中心）
- 看到對方
  - 嫌疑人神色慌張，預備逃跑
  - 主角深感懷疑
- 跟蹤
  - 追車
  - 報警
  - 成功拘捕，拾回善款
- 總結
  - 「我」受到讚揚
  - 助人為快樂之本

校長爺爺點評

這是懸疑刺激、引人入勝的文章。

作者先介紹<u>東西城</u>商場中有一個籌款箱，有人趁負責管理的職員離開崗位後把它偷走。

作者描寫嫌疑人物外貌、神態，想像豐富，設計用心，形象生動。主角冒險跟蹤，最後報警捉拿賊人，將其繩之於法，寫得也很緊張刺激。

好詞補給站

逃竄	見義勇為	慈善機構	又粗又黑	雙目似劍
噹啷噹啷	緊抱懷中	深感懷疑	下定決心	開車駛離
風馳電掣	緊隨其後	佈滿泥濘	破舊不堪	一舉一動

好句補給站

關於見義勇為的句子

• 我深感懷疑，心想：如不捉拿這小偷，善款可能給偷走。所以，我下定決心跟蹤這個可疑的男子。

• 見義不為，無勇也。（《論語·為政》）

小練筆

假如你是主角，你想透過這件事表達甚麼想法？試改寫原文第 5 段。

透過這件事，我深深體會到 _____

寫作提示

作文題目中，如果有四字詞、詩句或古文，不妨查查出處、背景與相關資料，然後結合文章內容，談談自己的理解及想法。

20 問題解決有辦法

開首（第 1 段）：記敘森林小動物的歡樂情況。

正文（第 2 段）：記敘小動物聽到森林發生火災後的驚慌反應。

① 心理描寫：以小松鼠哭個不停間接刻畫出他受驚，並直接描述小兔心中有擔憂等情感，反映兩種小動物的性格特點，亦為文章結尾的啟發作鋪墊。

正文（第 3 段）：記敘小動物齊心合力逃難。

② 反復：同時運用連續反復及間隔反復，強調了小動物的拼命及推樹的齊心合力，亦可見推樹縱使艱難，仍有辦法達成。

③ 疊詞：第 4 段的開首及結尾，承接了第 3 段的結尾，同樣以疊詞作形容及修飾，改變段落節奏，並強調了樹木的高大及小動物的情感。

 佳作共賞

　　一個晴朗的下午，森林裏的小動物一邊唱歌，一邊玩遊戲，大家都感到十分幸福。

　　突然，一隻小藍鳥大聲地說：「這次完蛋了！森林裏發生火災了！」①小松鼠嚇得哭個不停，小兔十分擔心自己會死亡，一點兒也不冷靜。

　　幸好，小藍鳥想到一個好辦法。首先，他們選了一棵大樹。②接着，小兔拼命地推。小松鼠看到，也去幫小兔一起用力地推，所有動物都拼命地推呀推，推呀推。最後，樹木推倒了，③大樹變成了一道長長的獨木橋。

　　結果，③大家開開心心地過河了。大家都十分感謝小藍鳥拯救了他們，他們一起大聲地說：「謝謝你。」小藍鳥說：「不用謝。」最後，大家一起吃午餐。大家忙了一天，終於開始吃大餐。他們每人吃了最少五公斤食物。吃完後，大家一齊又唱又跳。玩得累了，大家便睡在一起，③做了一個甜甜的美夢。

　　這個故事教導我不管遇到甚麼困難，都要即時冷靜下來。如果面對自己不能解決的問題，更要齊心合力。

正文（第 4 段）：記敍小動物過河後歡欣慶祝。

總結（第5段）：記述從故事中得到的啟發。

🎯 升級貼士

恐懼、憂慮等情感有其存在的意義，不一定需要強求自己面對一切困難都即時冷靜下來，可能不同情況能有不同的情感、用不同的方式或時間去處理。

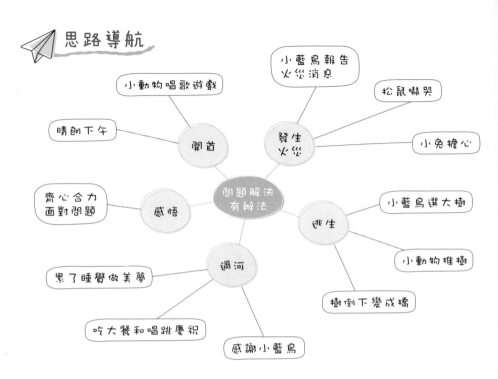

小藍鳥報告
火災消息

松鼠嚇哭

小動物唱歌遊戲

晴朗下午

開首

發生
火災

小兔擔心

齊心合力
面對問題

感悟

問題解決
有辦法

逃生

小藍鳥選大樹

過河

小動物推樹

累了睡覺做美夢

樹倒下變成橋

吃大餐和唱跳慶祝

感謝小藍鳥

校長爺爺點評

　　作者用講故事的方式回應命題，是記敍文不常見的寫法。

　　作者先寫小動物唱歌遊戲，生活幸福，然後森林發生大火，他們最初十分擔心，哭個不停，可幸後來能齊心合力，推倒大樹，解決問題，逃生之後又快樂地生活在一起。

　　三年級的同學能寫出這篇文章，實在難能可貴。

好詞補給站

完蛋	美夢	拼命地	獨木橋	十分幸福
發生火災	哭個不停	十分擔心	一起用力	開開心心
忙了一天	又唱又跳	玩得累了	冷靜下來	齊心合力

 好句補給站

關於齊心合力的句子

- 首先，他們選了一棵大樹。接着，小兔拼命地推。小松鼠看到，也去幫小兔一起用力地推，所有動物都拼命地推呀推，推呀推。

- 如果面對自己不能解決的問題，更要齊心合力。

- 與其說你是甜餅我是奶，放在一起味道恰好相配；不如說你是胡椒我是鹽，我們一起可以灑幼沙、接雪花，然後一起細味。

 小練筆

你從讀過的寓言或童話中得到過甚麼啟發嗎？試舉一個例子，把自己的感想寫下來。

我在讀　　　　　　　　　　　　　　　　　的時候，發現

寫作提示

有些圖書可能會在故事後面寫下故事的寓意和道理，但每位讀者都能從故事中找到屬於自己的啟發。不必擔心自己的理解與書後的解說不一樣，只要能從故事中找到線索和證據，即可證明自己的見解同樣是正確的，畢竟很多時候文學沒有唯一的正確答案。

21 一件令我害怕的事

組織及寫作手法

開首（第1段）：從現今倒敍令「我」害怕的事情。

正文（第2段）：記敍害怕的事情發生前，看了一齣戰爭電視劇。

正文（第3段）：記敍穿越到電視劇中的戰爭場景。

正文（第4段）：記敍有人把「我」抓住的經過。

① 情節新奇：先記敍主角異於常人的反應，後來才揭示主角興奮的原因，令讀者覺得新奇有趣。

升級貼士

對景物及行為動作的描述未及對心理的描述豐富精彩，例如可更詳細記述其他人把「我」抓住的經過，也可以把電視劇或其他資料來源中提及過的刑器記述下來，增添害怕的感覺。

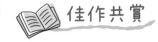 **佳作共賞**

　　每次回想起那件事，我都會害怕得冒出一身冷汗。

　　一天晚上，我看了一齣關於古代戰爭的電視劇，那齣電視劇的情節精彩刺激，我喜歡得很。可誰也不知道，一件恐怖的事正迎我而來。

　　那個晚上，我正想要起牀喝水，可誰料到，我一睜開眼睛，竟發現自己正身處於戰場，而且，那場景竟然和電視劇的一模一樣！我心想：難道我穿越到了電視劇裏？這裏好可怕啊！

　　此時，一個人跑來告訴我：「報告！軍隊大敗！怎麼辦？」① 我一聽，興奮得跳了起來說：「太好了！」因為我發現那個人的衣着打扮是電視劇裏侵略方的軍隊，那個人一聽，以為我是謀逆者，便二話不說喊其他人把我抓住。我害怕得用力掙扎，可最後還是被送進大牢，我害怕得驚惶失措。

在大牢裏，⊙我看到一件件鋒利的刑器，②嚇得臉色蒼白，冷汗直冒，渾身發抖。這時，有人把我帶上了刑場，說：「謀逆者，判死刑。」

我聽到「判死刑」三字的時候，臉色變得更加蒼白了。心跳得很快，感覺要跳出來似的。我看到一名壯漢舉起一把大刀向我走來，我心想：難道我要死在這裏嗎？

「不要啊！」我大喊一聲，猛地起來，發現自己好好地坐在牀上，才知道剛才發生的一切都是一場惡夢。

那場惡夢真的好可怕。同時，我也明白了一件事：不要在睡覺前看較為殘暴的電視劇，不然，晚上可能會做惡夢。③如果冒汗把牀單弄濕，更會給媽媽責備呢！

正文（第5段）：記敍從大牢到刑場的經過。

②形容細緻：能從臉色、汗水、發抖三方面，配以四字詞形容害怕的反應，文句細膩豐富。

正文（第6段）：記敍判處死刑的經過。

正文（第7段）：記敍醒過來的情況。

總結（第8段）：抒發感受，認為惡夢可怕，不應在睡前看恐怖劇集。

③結尾幽默：對惡夢有獨特的想法和感受，並在結尾輕描淡寫，從惡夢引申至媽媽的責備。

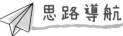

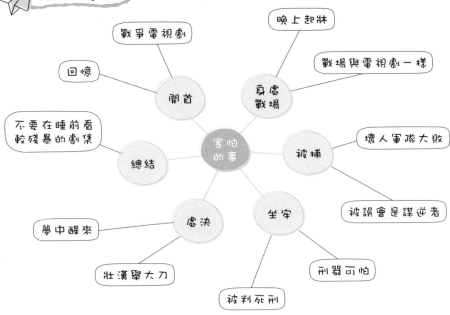

校長爺爺點評

　　作者先說出晚上看了一齣電視劇，然後記載自己忽然身處戰場，場景跟電視劇一樣。作者突然被人抓住，關進大牢，被判死刑，情節可怕。

　　作者把情節記敍得入木三分，細膩豐富，引人入勝，幸好只是惡夢一場。最後更寫出睡覺前不宜看殘暴內容的電視劇，否則會影響睡眠質素，文章寫得很好。

好詞補給站

惡夢	一身冷汗	精彩刺激	喜歡得很	迎我而來
睜開眼睛	一模一樣	衣着打扮	二話不說	驚惶失措
臉色蒼白	冷汗直冒	渾身發抖	大喊一聲	猛地起來

好句補給站

關於害怕的句子

- 嚇得臉色蒼白，冷汗直冒，渾身發抖。

- 我不畏高，不恐懼差異或相同，但害怕寫不好令我害怕的事情。我害怕蒼天塌下，害怕鍵盤戰爭，害怕穿梭時空，害怕沒有來電顯示的號碼，害怕與不認識的親人相逢，害怕傷風、流感與詭計，害怕食用日期印刷錯誤，害怕家人為我開設的壓歲錢戶口從未存在，害怕在異國與醫生對話，害怕飛機撞上天使，害怕誤吞的果核在我體內夜放花千樹……但願不要，我好害怕。

小練筆

假如你是作者，你會怎樣記述其他人把你抓住的經過？試擴寫第 4 段。

> 那個人一聽，以為我是謀逆者，便二話不說喊其他人把我抓住，
>
> _____
>
> _____ ，最後還是被送進大牢。

寫作提示

記敍時，一些簡略的動作可以拆分成連續的過程。例如「抓住」、「閃避」、「掙扎」等詞語，是由好幾個動作構成，亦可以有不同變化。如果情況許可，不妨按需要將這些動作細分，然後一步一步記述下來，放慢敍事節奏，以動作代替概述。

22 我觀看了排球比賽

組織及寫作手法

開首（第1段）：交代看球賽的背景資料，帶出球賽的參與隊伍。

正文（第2段）：記敘球賽開始前的情況。

正文（第3段）：記敘觀看球賽的經過。

升級貼士

文章以觀看球賽為主題，記敘事件和行動固然是重要的，但也不妨簡單記述球員的特色，例如主要球員的外表、身材與服飾，跳躍的高低與走動的快慢，控球能力與判斷能力，神態所反映的心態等。

① 排比：運用排比句寫出烏野排球員在比賽時的努力與變化，不但仔細描述排球員控球的不同力度，更把體育類詞彙融入句子之中而不見突兀，使記敘的第二局比賽更加精彩。

佳作共賞

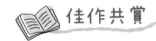

　　去年二月，媽媽帶我到長沙灣室內運動場看排球比賽。媽媽曾是排球選手，而當天是她最支持的青城球隊跟烏野球隊比賽，所以帶我去感受現場氣氛，我非常期待。

　　我們較早到場，坐在觀眾席第一行，看得非常清楚。五分鐘後，觀眾魚貫進入，兩隊教練也帶球員進場，進行三分鐘熱身練習，兩隊的支持者馬上發出熱烈歡呼。作為挑戰者的烏野隊神色凝重，而上屆亞軍的青城隊則自信滿滿。三分鐘後，球證宣佈比賽開始。

　　青城隊開始發球。隊長用雙手把排球拋起，衝前起跳，舉手把球用力一拍，「嘭！」的一聲，排球已經飛到對面的地上。即使烏野隊的球員拼了命也接不到，強勁的跳躍發球為青城隊連續取得五分。青城隊繼續猛烈進攻，輕鬆地拿下第一局。烏野隊沒有放棄，第二局努力不懈地應戰，① 球員有時猛力扣殺，有時輕力放

球，有時奮力救球，竟然扭轉局勢，拿下第二局。進入第三局決勝局，我留意到青城隊隊員的表情漸漸緊張起來。這時，雙方球員積極對抗，互不相讓，球來球往，成了「拉鋸戰」。②突然，烏野隊的球員迅速舉起雙手，托出一個既急又短的球，快攻手立即配合，急速大步跨前，單腳用力跳起，同時快速揮動右臂，用力扣球。儘管③青城隊前排的三位球員跑向網前，同一時間跳起，六隻手一起舉高封網仿如銅牆鐵壁，但依然無法攔下扣殺。

「嗶……」完場的哨子聲響起，全場頓時鴉雀無聲，接着大聲歡呼。我也大力拍手，心情興奮，我從未想過無名小隊竟能勝過亞軍強隊，真是太不可思議了！這場精彩的球賽深深地刻印在我的腦海，讓我愛上了觀看排球比賽！

記事　親朋戚友

②行動描寫：詳細記述決勝一刻烏野隊舉球員與快攻手的完美配合，使二人對烏野隊的重要及隊伍的優勝之處更明顯。

③明喻／正襯：把三人封網的策略比喻成銅牆鐵壁，可見三人盯球攔網的勇氣和技術；並以他們的團結和防守襯托出烏野隊擊球之快速，令不熟悉排球的讀者也能理解結果。

總結（第4段）：記敍賽果，表達觀眾與自己對比賽的感受，這次觀賽使自己愛看排球。

思路導航

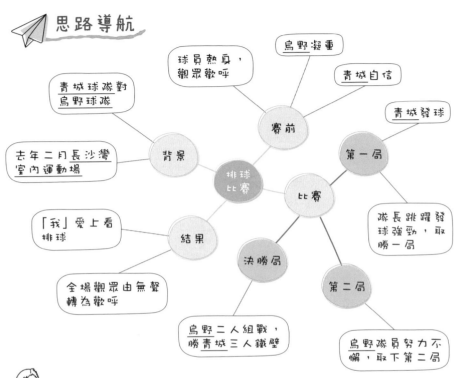

青城球隊對烏野球隊

去年二月長沙灣室內運動場

背景

球員熱身，觀眾歡呼

烏野凝重

青城自信

賽前

排球比賽

「我」愛上看排球

結果

比賽

青城發球

第一局

隊長跳躍發球強勁，取勝一局

全場觀眾由無聲轉為歡呼

決勝局

第二局

烏野二人組戰，勝青城三人鐵壁

烏野隊員努力不懈，取下第二局

校長爺爺點評

　　作者說媽媽曾是排球選手，可能因此對排球比賽很熟悉。作者以神來之筆，將比賽過程記敍得活靈活現，出神入化，即使不熟悉排球的讀者也能明白。例如「衝前起跳」、「跳躍發球」、「猛烈進攻」、「猛力扣殺」、「輕力發球」……寫來很自然而專業，十分出色。

好詞補給站

快攻手	現場氣氛	魚貫進入	神色凝重	自信滿滿
衝前起跳	跳躍發球	努力不懈	猛力扣殺	輕力放球
奮力救球	互不相讓	大步跨前	銅牆鐵壁	無名小隊

 好句補給站

關於球賽的句子

- 球員有時猛力扣殺，有時輕力放球，有時奮力救球，竟然扭轉局勢，拿下第二局。
- 突然，烏野隊的球員迅速舉起雙手，托出一個既急又短的球，快攻手立即配合，急速大步跨前，單腳用力跳起，同時快速揮動右臂，用力扣球。
- 除了放棄的時候，沒有必敗的戰鬥。如果有，就有不屈的理由。
- 今天在競爭中淘汰的，明天將會進化成怎樣的人？

記事 親朋戚友

 小練筆

假如你是作者，你會在第 3 段穿插怎樣的句子描述球員？

> 烏野隊沒有放棄，第二局努力不懈地應戰，＿＿＿＿＿＿＿＿＿＿＿＿
>
> ＿＿＿＿＿＿＿＿＿＿＿＿＿＿＿＿＿＿＿＿＿＿＿＿＿＿＿＿＿＿＿＿＿＿
>
> ＿＿＿＿＿＿＿＿＿＿＿＿＿＿＿＿＿＿＿＿＿＿＿＿＿＿＿＿＿＿＿＿＿＿
>
> ＿＿＿＿＿＿＿＿＿＿＿＿＿＿＿＿＿＿＿＿＿＿＿＿＿＿＿＿＿＿＿＿＿＿

寫作提示

記敘文中，有時候主角會因為事件、場景或視野等各種限制，未能近距離觀察事物。這時候，作者可為主角安排望遠鏡、攝影鏡頭等道具或天生敏銳的感官，即可合理地敘述細微而一般人難以察覺的特點。

23 一件小事

組織 及 寫作手法

開首（第1段）：以倒敍入題，記述再見雪糕車的情況。

正文（第2段）：記敍過去沒光顧雪糕車的原因，直到四年級才初次嘗試。

正文（第3段）：記敍到老婆婆的雪糕車買雪糕。

① 神態／行動描寫：反復敍述婆婆頭上的汗水，以汗水的特質反映天氣的炎熱和婆婆的辛勤，並為婆婆工作的原因埋下伏筆，使文章呈現更深刻的情感。

正文（第4段）：記敍與老婆婆對話，交代她賣雪糕的原因。

② 善寫對白：幾乎每句對白都有在文章出現的意義。或能呈現婆婆的人物性格，或能加強年老與年幼之間的對比；或詳略有致以簡短文句交代事情，或一矢中的揭露現今社會常見而不合情理的實況；或藉對白具體地刻畫人物，或以質樸純粹的語句抒發人物情感。這些對白都使角色更鮮明，文章更動人。

 佳作共賞

一天放學，我在馬路旁再次遇見了許久未見的雪糕車，可是車中早已沒了那慈祥的笑容……

早早在我升上小學的時候，那雪糕車已經存在。但幼小的我認為在猛烈的太陽下吃得滿頭大汗，可不太輕鬆。直到小學四年級的時候，我才第一次做這件「不太輕鬆」的事情。

記得那天我一如既往穿過馬路打算前往地鐵站，卻被雪糕車前一大羣學生嚇到了。仔細一看，車的主人是一個老婆婆，她滿頭白髮，但仍然有一雙烏黑的大眼睛，看起來已有七、八十歲。在擠雪糕的時候，她把機器的扶手往下壓、壓……壓……壓……① 雙手總是在抖，頭上一滴滴汗珠緩緩流下。② 她那慈祥的眼睛散發溫暖的光芒，說：「來，雪糕好了喲，小心。」她一邊工作，一邊跟我們說她的童年趣事：「我啊，在小時候經常到山上抓蟲子，膽子十分大呢！還有呀……」她那沙啞溫柔的聲線，和她那母親般的笑容，讓我猶如置身在睡房中，細心聆聽着牀邊故事。

小作家檔案

姓名：鄧樂然　　年級：五年級
學校：聖公會基福小學

　　買完雪糕後，我一邊細細品味，②一邊問道：「老婆婆，為甚麼您年紀這麼大了還要工作呢？」①老婆婆坐了下來，大汗不停地往下流，她擦了擦，表情充滿悲情，彷彿剛剛擦的是淚水。②「我啊……有個孫子，好久沒見到他了……應該十年了吧。他有一雙大眼睛，高高瘦瘦的，笑起來有一顆小酒窩，十分討喜。」①她擦了擦汗，繼續說道：「他……以前探望我的時候，穿着這邊學校的校服，我好想再見到他。哪怕給他一杯雪糕，哪怕只是一次……」老婆婆的眼淚一滴一滴地流了下來，③像個思念母親的小孩。現實是殘忍的，老婆婆可能難以再遇見她的孫子了。我找了藉口道別，一步一步往地鐵走，卻總覺得身體格外沉重，腦海不斷出現老婆婆心酸的模樣。

　　我想，老婆婆活了這麼久，已經不會渴求甚麼。這些老一輩的長者們，不過想親人關心他們，愛他們而已。我們怎會不能做到呢？吃飯、散步、放下手機聊聊天，或許還能因她們學會人生道理。他們不是跟不上時代、潮流，只是對他們來說，那些事物無法與親情相提而論了。千萬不要等到失去了，才想去珍惜。

③明喻：把思念孫子的婆婆比喻成思念母親的小孩，透過年紀和親情使主體和喻體呈現強烈反差，令讀者有更多聯想，加深對角色的印象。

總結（第5段）：歸納與老婆婆對話後得出的感悟，祈望讀者在失去前要知道珍惜。

🎯 升級貼士

記敍的事件與感悟皆合乎情理，獨立存在沒有問題，惟文中事件與感悟關連不大。記敍婆婆的經歷時，婆婆並沒有交代與孫子分隔十年的原因，事件中亦沒有把時代、潮流與親情相提而論。反之，假設婆婆得不到親人的關心、得不到親人的愛，認為親情比時代、潮流重要，這些與她在雪糕車工作的情況並沒有必然而明確的關係。故此文中所記敍的事件與感悟雖然有其意義，但兩者關係不大。

記事　親朋戚友

思路導航

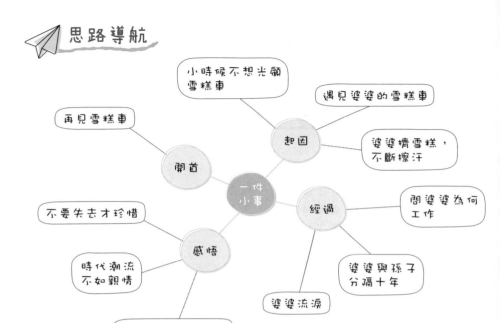

校長爺爺點評

這是一篇很出色的文章。作者先記敘雪糕車主人老婆婆的樣子、動態，然後說出老婆婆童年趣事，再道出她和孫兒已分隔十年。

作者跟老婆婆的對話使角色鮮明，當中記敘一大段辛酸往事，感人肺腑，情節動人而能呈現深刻的情感。最後更指出珍惜眼前人是最重要的事，令人有所啟發。

好詞補給站

許久未見	滿頭大汗	不太輕鬆	一如既往	滿頭白髮
緩緩流下	散發溫暖	童年趣事	沙啞溫柔	牀邊故事
一步一步	格外沉重	放下手機	人生道理	相提而論

 好句補給站

關於流汗的句子

- 在擠雪糕的時候，她把機器的扶手往下壓、壓……壓……壓……雙手總是在抖，頭上一滴滴汗珠緩緩流下。
- 老婆婆坐了下來，大汗不停地往下流，她擦了擦，表情充滿悲情，彷彿剛剛擦的是淚水。
- 任汗水滲出，然後讓陽光滲入。
- 所謂生命的詩句，是點點滴滴，把每日的汗水積累成堅持的海水。

 小練筆

你讀完這篇文章有甚麼感受嗎？你認為婆婆和孫子分隔十年的原因是甚麼？試把你的想法寫下來。

> 這篇文章令我＿＿＿＿＿＿＿＿＿＿＿＿＿＿＿＿＿＿＿＿＿。
>
> 婆婆和孫子分隔十年的原因可能是＿＿＿＿＿＿＿＿＿＿＿
>
> ＿＿＿＿＿＿＿＿＿＿＿＿＿＿＿＿＿＿＿＿＿＿＿＿＿＿＿。

寫作提示

表達式寫作，是指記敍生活中令自己有感受的事件，並就事件寫下自己當下的、直接的和真實的情感與想法。這些感受可以悲傷的、不安的、感觸的、奇怪的、期待的……一切都可以，也不一定要與他人分享，只要自己真實地寫下來，這些文字將會幫助你平復一些情感，解答一些生活上的疑惑。

記事　親朋戚友

組織及寫作手法

開首（第1段）：記敘中秋節到外婆家前的準備。

正文（第2段）：記敘與家人圍在餐桌吃飯的情景。

正文（第3段）：記敘賞月時與媽媽答問，帶出中秋節的名稱由來。

① 擬人：把月亮在雲間優美地轉化為害羞地穿行於薄紗，令文章更有趣味，亦使月亮在文中變得更美麗。

② 明喻：把高懸中天的圓月比喻成雪球，用字典雅，呈現圓月的渾圓潔白，加深讀者的印象。

③ 資料充足：藉媽媽之口介紹中秋名稱由來，可見有根據寫作主題作資料搜集，並將資料自然地安排於故事情節之中，豐富文章內容。

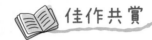

佳作共賞

昨天是中秋節，我們全家打扮得十分漂亮，我懷着喜悅的心情和媽媽去超級市場買月餅和水果，然後爸爸載我們到外婆家。

傍晚，我們全家人圍在餐桌旁吃飯。許多豐盛的飯菜圍繞中間那盒月餅，還有我的最愛——酸辣土豆絲！色香味俱全的菜餚和月餅的香味，讓我垂涎三尺，我迫不及待拿起筷子，狼吞虎嚥地吃起來。我們一家人坐在餐桌旁邊吃邊談，外婆露出寬心的笑容，家中不時傳出歡笑聲。

吃完晚飯後，我們全家圍站在露台上享受月夜。①月亮在薄紗般的雲朵中穿行，似乎還是含羞答答的不肯露面。過了幾分鐘，當下的月亮特別明亮，②圓月像雪球高懸中天。我不禁問道：「媽媽，今天為甚麼要賞月呢？」③媽媽說：「中秋節是我國的傳統節日，按照中秋節的農曆日期，八月為秋季的第二個月，古時稱為『仲秋』，因此民間稱為『中秋』。因為這一天滿月，又稱為『團圓節』。」聽了媽媽

小作家檔案

姓名：伍梓琪　　年級：五年級

學校：聖公會聖十架小學

的介紹，我瞭解更多關於中秋節的由來、風俗，以及傳說的知識。

　　接下來，我提議進行猜謎語比賽，我說：「每答對一題可得五分，一共四題，要舉手作答。最後看看誰的分數最高，就是今天的冠軍啦！」比賽開始，爸爸先講出第一題的謎面：「長身箭嘴毛小子，只懂喝水不吃菜，閒時休息戴帽子，工作忙時黑了臉。」我大聲地說：「毛筆。」「答對了！」媽媽高興地說。「小時是棵幼苗草，長大人人當是寶，有它生活安又樂，沒它便會生爭吵。」我講出第二題。媽媽搶答：「稻米，太簡單了！」經過激烈的比賽後，我贏了！

　　今年的中秋節是我印象中最難忘和滿足的！在這歡樂的日子，大家玩得興高采烈，心中的感動如快要滿瀉的暖水，幸福滿溢。此時，我忽然想起一句話——「中秋在此日，團聚在此刻。」

正文（第4段）：記敍猜謎比賽的經過和結果。

升級貼士

建議設定與中秋或節日更相關的謎語題目，不必說明比賽規則，或承接上段撰寫更多與中秋風俗或傳說相關的內容，緊扣題旨。

總結（第5段）：總結今年中秋的感受。

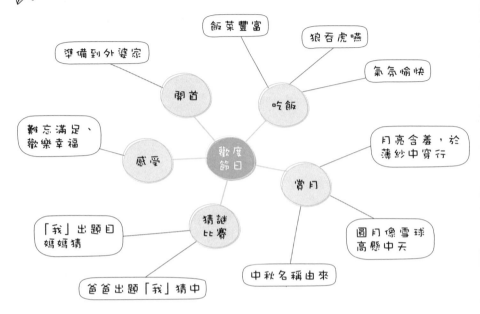

準備到外婆家

飯菜豐富

狼吞虎嚥

氣氛愉快

開首

吃飯

難忘滿足、
歡樂幸福

感受

歡度
節日

月亮含羞，於
薄紗中穿行

賞月

「我」出題目
媽媽猜

猜謎
比賽

圓月像雪球
高懸中天

爸爸出題「我」猜中

中秋名稱由來

校長爺爺點評

　　記敘中秋節日，單單團聚吃飯、賞月、玩花燈之外，會給人千篇一律的感覺。所以作者很聰明，加入由媽媽解釋中秋的由來，資料充足，再帶出猜燈謎環節，令內容充實和豐富。

好詞補給站

寬心	薄紗	穿行	仲秋	團聚
豐盛的	垂涎三尺	狼吞虎嚥	邊吃邊談	享受月夜
含羞答答	高懸中天	傳統節日	幸福滿溢	色香味俱全

 ## 好句補給站

關於中秋的句子

* 月亮在薄紗般的雲朵中穿行，似乎還是含羞答答的不肯露面。過了幾分鐘，當下的月亮特別明亮，圓月像雪球高懸中天。

* 中秋節是我國的傳統節日，按照中秋節的農曆日期，八月為秋季的第二個月，古時稱為「仲秋」，因此民間稱為「中秋」。

* 此時，我忽然想起一句話——「中秋在此日，團聚在此刻。」

 ## 小練筆

你知道其他地方的中秋與香港的有甚麼不同嗎？試簡單介紹一個地方的中秋節，並說說你的感受。

_____ 的中秋
_____
_____。
我覺得_____
_____
_____。

寫作提示

可以試試搜集資料，查查其他地方的中秋節會否有不同的習俗和傳說，也可以從不同的地方、文化或習俗中尋找靈感，發揮創意，寫下混合多種文化的、想像中的中秋節。

25 偷看電視記

組織及寫作手法

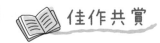 佳作共賞

開首（第 1 段）：記述「我」趁家人全部外出時，心癢想偷看電視。

正文（第 2 段）：記述「我」興高采烈地看電視時，爸爸忽然回家。

① 擬人：寫門鈴「吼叫」，形象化地突顯作者得知家人回來的驚恐心情，十分生動。

② 心理描寫／行動描寫：描寫「我」嚇得冒出冷汗，並迅速收拾遙控器和衝回書房，把人物的心理和行動結合起來，而且用字傳神，行文流暢。

正文（第 3 段）：記述爸爸質問「我」偷看電視。

③ 人物描寫手法：描寫「我」說謊後臉兒變紅（肖像）、偷瞟爸爸（行動）、心裏忐忑不安（心理）、說話支支吾吾（語言），表現「我」的害怕。又描寫爸爸皺眉和憤怒的眼神（肖像）、瞪着「我」和大

「我走了。你千萬不可看電視啊！」媽媽臨走時，對我千叮萬囑。我回到書房後，開始專心致志地溫習，因為考試即將來臨了。還不夠五分鐘，我心中癢癢的，心想：媽媽帶弟弟去補習，爸爸出外購物，何況我有一星期沒看電視了，不如偷偷看一集《多啦 A 夢》吧！

我迅速地從櫃子取出遙控器，忐忑不安地打開電視。我看見大雄愚笨的樣子，不禁放聲大笑。就在這時，① 門鈴突然向我大吼：「叮噹……叮噹……」② 我瞬間嚇出了一身冷汗，猶如晴天霹靂，知道爸爸回來了！我趕緊以迅雷不及掩耳之勢把遙控器放在沙發上，衝回書房，裝作認真地溫習。

爸爸似乎意識到甚麼，回來後立刻問道：「你剛才看電視了嗎？」我堅決地回答：「沒有。」③ 我的臉兒像紅蘋果一樣，紅通通的，火辣辣的。我偷偷瞟了爸爸一眼，他的眉毛豎成八字形，用憤怒的眼神瞪着我，氣得七竅生煙。他接着又大吼：

「犯錯還不承認？」④我努力擠出一副堅定的樣子，心裏卻有「十五個吊桶打水」。最後，我在爸爸的質問下，支支吾吾地承認：「對……對不起。我看……看了。你是怎樣知道……的？」爸爸說：「我在門外已聽到你和卡通人物的笑聲。況且你看看，難道遙控器會自己走路嗎？」他指向放在沙發上的遙控器。

　　「叮噹……」媽媽也回來了。我心中仍然非常害怕，因為她肯定會罵我一頓。我果然猜中了，她說：「說謊很容易，但要有勇氣去承擔，就不是很多人能做到了。⑤說謊的人就像踩在脆弱的玻璃上，提心吊膽，十分危險。你這個月休想看電視。」

　　那時候，我感到既後悔，又內疚，深深明白到⑥「若要人不知，除非己莫為」這道理。從此，我下定決心，做個誠實的孩子。

吼（行動），表現爸爸的生氣。作者選材得當，又能配合生動傳神的語言，如「偷瞄」、「瞪着」等，令人物形象立體豐滿，行文在嚴肅中透出幽默。

④ 對比：「我」表面堅定，心裏卻有「十五個吊桶打水」（意指忐忑不安），把說謊者心虛的面貌形象地刻畫出來。

正文（第4段）：記述媽媽的訓斥和懲罰。

⑤ 明喻：媽媽以踩玻璃比喻說謊者的心情，具有啟發性。

總結（第5段）：抒發悔意和領悟。

⑥ 引用：文中引用不少熟語，如歇後語、諺語來表達感受和說明道理，引用恰當自然，增加說服力。

思路導航

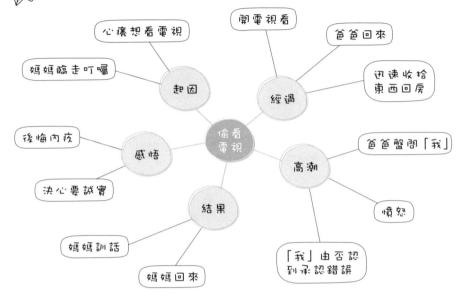

起因
- 心癢想看電視
- 媽媽臨走叮囑

經過
- 開電視看
- 爸爸回來
- 迅速收拾東西回房

高潮
- 爸爸盤問「我」
- 憤怒
- 「我」由否認到承認錯誤

結果
- 媽媽回來
- 媽媽訓話

感悟
- 後悔內疚
- 決心要誠實

偷看電視

校長爺爺點評

這篇記敘文寫得不錯。

作者首先記敘媽媽出門前的叮囑，提醒考試臨近，要用心溫習，其後作者卻心癢難擋，偷看電視。

文中刻畫作者在爸爸面前撒謊、爸爸精明的神情、媽媽的直斥其非，綜合了多種人物描寫手法，選材得當，語言生動，頗見幽默；最後轉至作者既後悔又內疚，也寫得不錯。

好詞補給站

瞄了	瞪着	大吼	擠出	癢癢的
千叮萬囑	專心致志	忐忑不安	一身冷汗	晴天霹靂
七竅生煙	支支吾吾	迅雷不及掩耳	十五個吊桶打水	

 好句補給站

關於說謊的句子

* 說謊的人就像踩在脆弱的玻璃上，提心吊膽，十分危險。

* 不管謊言多天衣無縫，總會有水落石出的一天。

 小練筆

試運用提供的歇後語，寫作句子。

例子：我努力擠出一副堅定的樣子，心裏卻有「十五個吊桶打水」。

(1) 打破沙盆

_____。

(2) 狗咬呂洞賓

_____。

(3) 快刀斬亂麻

_____。

寫作提示

歇後語是把一句話分成兩部分，前一部分是隱喻或比喻，後一部分是意義，例如「十五個吊桶打水 —— 七上八下」。在寫作中運用歇後語，有助表達作者的思想感情，也能增加幽默感。

記事　親朋戚友

26 不速之客

組織及寫作手法

開首（第 1 段）：從看見飛翔的麻雀開始倒敘事件。

正文（第 2 段）：記敘在家聽到而搜尋怪聲的經過。

① 營造氣氛：先抽象地描述聽到怪聲的經過，交代只有自己一人在家；然後一步一步描述再次聽到怪聲使自己好奇，於是小心搜索；結果看到不速之客，為整個段落營造懸疑的氛圍，使讀者更能投入角色與情節之中。

正文（第 3 段）：記述對受傷麻雀的嫌棄。

② 誇張：把平凡的門形容為影響命運的門，把觀察能力比擬成小說中的火眼金睛，把對小動物的負面感受誇大成天敵關係，使讀者有更多聯想，亦加強了文章對事物的表達效果。

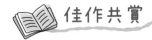 佳作共賞

　　每當我看見在天上自由飛翔的麻雀，就會回想起那一天的事情……

　　記憶如潮水般，把我沖回了一年前的一天。① 那天我在家溫習時，聽見了「啪」的一聲，因為只有我一人在家，所以我一開始不敢作聲。但奇怪的聲音又傳了過來，我被好奇心衝昏了頭腦，小心翼翼地打開了那扇 ②「命運之門」，結果看到了一位「不速之客」！

　　那是一隻只有麵包大小的麻雀。我和麻雀四目相對，我的 ② 一雙「火眼金睛」看到牠受傷了，但由於我和小動物從小是 ②「天敵」，所以我一臉嫌棄的，眉毛也不禁皺了起來。惡魔跳了出來慫恿我：「這隻麻雀這麼髒，你趕緊把牠弄出去，免得招惹麻煩！」

　　正當我想把小麻雀趕出去，天使出來勸阻我：「牠這麼可憐，你就幫牠吧！」③ 天使和惡魔正吵個不可開交，我聽到了麻雀彷彿在說：「救救我！」於是我動搖了。我立即拿出急救包，但還是克服不了

恐懼，猶豫不前。看牠苦苦掙扎的樣子，我咬了咬牙，想：急救包都拿出來了，怎能退縮？於是說辦就辦，開始了我的「急救之旅」。

　　我擔驚受怕地幫麻雀消毒，額頭的汗珠一滴一滴地掉下，我小心翼翼的，生怕小麻雀感受到疼痛。「功夫不負有心人」，我終於完成了「急救之旅」。結果，小麻雀在我家休養了兩個星期才飛走，我也把如石頭般沉重的心放了下來。

　　這位「不速之客」不但令我克服了恐懼，也讓我在人生檔案本寫下勇敢的一頁。

正文（第4段）：記敍幫助麻雀與否的心理掙扎及最終決定。

③ 心理描寫：把內心的掙扎形象化成惡魔與天使，並把主觀的感受投射在麻雀身上，使情節發展更有趣味，亦使整件事有更大意義。

🎯 升級貼士

一般小學生未必有能力為動物急救，若能簡單交代主角的身份背景，或寫上動物急救知識的來源，會使故事更加合乎常理。

正文（第5段）：記敍幫助麻雀的過程與結果。

總結（第6段）：總結受傷的麻雀使自己克服恐懼。

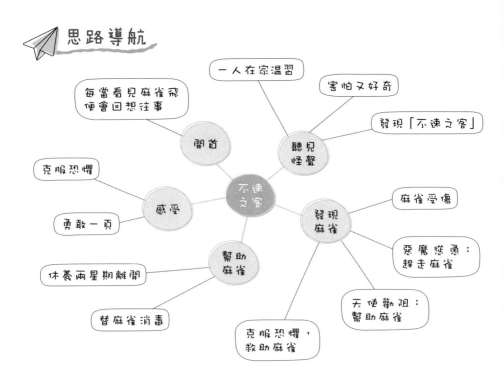

一人在家溫習

害怕又好奇

發現「不速之客」

每當看見麻雀飛
便會回想往事

開首

聽見
怪聲

克服恐懼

不速
之客

感受

勇敢一頁

發現
麻雀

麻雀受傷

惡魔慫恿：
趕走麻雀

幫助
麻雀

天使勸阻：
幫助麻雀

休養兩星期離開

替麻雀消毒

克服恐懼，
救助麻雀

校長爺爺點評

　　作者記敍遇到受傷的麻雀，細緻
地述說發現的經過，以及曾想過放棄
救麻雀的念頭。作者最終動了愛心，
拯救了麻雀，文章中有懸疑、有內心
掙扎，也有人情味，使整個故事既有
趣味，亦有意義。

好詞補給站

自由飛翔	不敢作聲	命運之門	不速之客	四目相對
火眼金睛	一臉嫌棄	不可開交	猶豫不前	苦苦掙扎
咬了咬牙	擔驚受怕	一滴一滴	功夫不負有心人	

好句補給站

關於過客的句子

- 奇怪的聲音又傳了過來，我被好奇心衝昏了頭腦，小心翼翼地打開了那扇「命運之門」，結果看到了一位「不速之客」！

- 這位「不速之客」不但令我克服了恐懼，也讓我在人生檔案本寫下勇敢的一頁。

- 人生於天地之間，不過是過客，沒有太多選擇，但仍可選擇意氣風發。

小練筆

試記敍一段幫助受傷小動物的過程。

寫作提示

以第一人稱寫作時，主角多以學生、青少年為主。他們面對一些特別情況時，未必能像成人一樣有能力去處理。這時候，不妨為主角的背景提供更多資訊，以使劇情更合理。例如面對意外時，可能主角有過目擊或協助成人處理意外的經驗，於是他有能力解決問題。如果主角需要有特定的知識，可以安排他在書中讀過、上課學過、網上看過或聽人說過等理由，使文章更寫實。

27 有趣的實驗課

組織及寫作手法

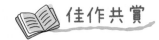 佳作共賞

開首（第1段）：交代背景，帶出有趣實驗課是做空氣炮。

正文（第2段）：說明空氣炮的結構和原理。

① **層遞：**利用層遞交代空氣炮的原理，解釋炮身體積與煙炮威力的關係，使敍述簡單透徹，讀者易於理解。

正文（第3段）：記敍製作空氣炮的經過。

② **善用時間副詞：**運用「先」、「接着」、「然後」和「再」等字眼，靈活地說明製作空氣炮的步驟，使段落閱讀起來清晰順暢。

　　上星期的常識課，陳老師微笑着走進課室，而且帶來了數個箱子。正當我們百思不得其解時，老師就向我們揭曉答案了！他說：「今天我們會做『空氣炮』！」話音剛落，大家都興奮得跳起來，因為大家覺得一定是新奇有趣的課堂。

　　老師先把我們分成九組，然後講解空氣炮的結構和原理：箱子作為炮身，利用箱子中的空氣擠壓、反彈，經過洞口形成氣流，產生波動，從而可以吹熄燭火。① 所以箱子愈大，空氣愈多，能量愈強。

　　終於可以動手做了！② 我先在箱子其中一面剪了大小合適的圓形洞口。接着，我們用黃色的壁報紙包裹箱子，然後用顏色筆為箱子畫上眼睛、鼻子和嘴巴，再在箱子後面加上肩帶，就大功告成了！我們把一個平平無奇的箱子，變成一個獨一無二的「布丁狗」，大家都覺得很成功呢！

　　環顧四周，在熱鬧的課室中，同學在不斷試驗，看看噴出的「煙炮」擊倒目標時的威力多強，大家都像勤勞的小蜜蜂，忙個不停。

　　來到最緊張的環節了！老師把幾個紙杯疊起，組成「杯子塔」，讓我們利用自己的作品輪流擊倒杯子。輪到我的時候，我拿起「布丁狗」，雙手用力地拍了一下。透明的空氣炮無聲無色地把紙杯擊倒了。「嘭！」的一聲，紙杯全部倒塌，③教室頓時鴉雀無聲，同學的目光都定住了，幾秒後，雷鳴般的掌聲響起來，老師和同學稱讚我組的空氣炮很厲害，我和組員都感到十分自豪。

　　快樂的時光過得很快，實驗課不但有趣，而且令我學到有關空氣炮的知識。真希望明年也有這類型的常識實驗課！

正文（第4段）：記敍其他同學的試驗情況。

正文（第5段）：記敍空氣炮擊倒紙杯的過程。

🎯 升級貼士

「無聲無色」是描述空氣炮把紙杯擊倒的過程，「『嘭！』的一聲」是形容紙杯倒塌的聲音，兩句的鋪排和表達不夠清晰。

③ 描述細緻：能一步一步描述「我」用空氣炮擊倒紙杯時的環境氣氛及師生反應，令幾秒之間的記述更寫實。

總結（第6段）：抒發對實驗課的正面感受，並希望明年會有同類課堂。

記事　校園故事

 思路導航

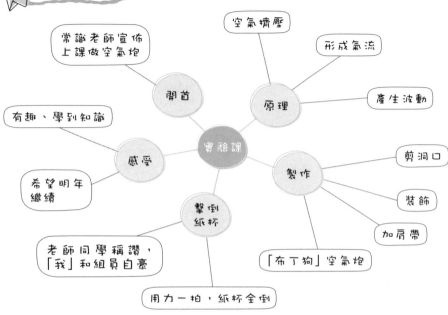

空氣擠壓

形成氣流

常識老師宣佈
上課做空氣炮

產生波動

開首　　原理

有趣、學到知識

剪洞口

感受　實驗課　製作

裝飾

希望明年
繼續

加肩帶

擊倒
紙杯

「布丁狗」空氣炮

老師同學稱讚，
「我」和組員自豪

用力一拍，紙杯全倒

 校長爺爺點評

　　作者先介紹老師上課時帶來幾個箱子，
便能使人意會到這將會是新奇有趣的課堂。
然後作者有條不紊地介紹空氣炮的結構和原
理，簡單透徹，同學分工合作，最後看見作
品試驗成功，十分雀躍，亦寫得相當寫實。

　　這篇記敘文步驟層次寫得清晰順暢，能
引人入勝，寫得很好。

好詞補給站

揭曉答案	話音剛落	新奇有趣	大小合適	大功告成
平平無奇	獨一無二	環顧四周	不斷試驗	忙個不停
無聲無色	全部倒塌	十分自豪	百思不得其解	

好句補給站

關於成功感的句子

* 我們把一個平平無奇的箱子，變成一個獨一無二的「布丁狗」，大家都覺得很成功呢！

* 教室頓時鴉雀無聲，同學的目光都定住了，幾秒後，雷鳴般的掌聲響起來，老師和同學稱讚我組的空氣炮很厲害，我和組員都感到十分自豪。

小練筆

假如有機會到未來世界上實驗課，你希望在課堂上製作甚麼？試簡介流程。

我希望在課堂上製作＿＿＿＿＿＿＿＿。我先會＿＿＿＿＿＿＿

＿＿＿＿＿＿＿＿＿＿＿＿＿＿＿＿＿＿＿＿＿。接着，

＿＿＿＿＿＿＿＿＿＿＿＿＿＿＿＿＿＿＿，然後

＿＿＿＿＿＿＿＿＿＿＿＿＿＿＿＿＿＿＿，再

＿＿＿＿＿＿＿＿＿＿＿＿＿＿＿＿＿＿＿，

即大功告成了！

寫作提示

可以先從作品的外形展開想像，設定的外形除了可以有個人喜好上的考慮，也可能是功能上的考慮。例如想想如此設計帶來甚麼功用、避免甚麼問題等。

記事 校園故事

28 一次學校安排的慈善活動

組織及寫作手法

開首（第1段）：藉難忘的活動入題，敍述參與學校安排的賣旗慈善活動。

正文（第2段）：記敍賣旗活動前的準備工作。

正文（第3段）：記敍賣旗的經過。

① 敍述細緻：注意到賣旗需要人流多的地方才會比較理想，但亦不能站在阻礙到別人的位置。能將這兩項條件記述下來，反映同學用心，亦使文章有更多相關細節。

 升級貼士

賣旗的具體方法或策略對情節並非必要，可考慮省略。

佳作共賞

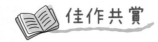

　　小學五年生活，令我最難忘又深刻的一次活動，是由學校安排的慈善活動。那時，我就讀小學一年級，參加了賣旗活動，至今仍令我記憶猶新。

　　記得那天天氣晴朗，我和媽媽一早起牀準備。我們很早到達學校集合處，同學們取了活動籌款錢袋後紛紛出發了。

　　賣旗開始時，①我找到一個人流較多，但也不會阻礙他人出入的位置。起初很少人幫我買旗，媽媽鼓勵我說：「◎說話聲音要響亮點，提起精神，面帶笑容，要稱呼別人，對別人說『早上好。』買與不買都要對別人說『多謝。』因為現在我們除了代表機構外，還代表學校，必須讓其他人感受我們的誠意。」於是我再嘗試，向每位路過的人士說：「早上好，可以幫我買旗嗎？款項將用來幫助獨居長者改善生活設施。」嘩……之後明顯多了很多人來幫我買旗，有的是學生，有的是上班一族，有的是長者。

　　當中，有位端莊成熟的女士，令我印象最深刻。正當我想請她幫忙時，②她連忙斬釘截鐵地向我說：「對不起！我趕時間，沒有零錢。」我回應她：「好的，謝謝，不要緊，趕時間也要路上小心。」我繼續找其他人幫我買旗。過了一會兒，那位女士竟然折返，還對我說：「小朋友，我是回來買旗的，因為我被你感動了。我到便利店買東西，找續了錢幣，再回來跟你買旗。」我立刻跟對方說：「謝謝您的善心。」她還問道：「小朋友，你讀哪所學校？你很有禮貌，又有陽光般的毅力，非常好！你要繼續努力，加油！」②說完後，她便踏着急速的步伐離開了。

　　這次活動，令我十分難忘，獲益良多，也令我明白只要用心以禮待人，別人是感受到的。只要我們付出時間，便能幫助有需要的人。③而且，我亦深深體會到，我們穿着整齊校服，代表學校參與是次活動，在活動中的一舉一動都影響學校的形象。這次活動真的意義深遠。

正文（第 4 段）：記敍印象最深刻的趕時間女士，如何折返買旗。

② 前後呼應：能在同一段落緊扣女士趕時間的形象，敍述她買旗前的說話態度及買旗後的神態動作，前後呼應，形象統一，前文後理嚴謹，並能加深讀者對人物的印象。

記事　校園故事

總結（第 5 段）：表達從活動得到的啟發與體會。

③ 緊扣主題：不但詳細記敍「慈善活動」，並注意到題目有「學校安排」的要求，在文章結尾按題目所有要求撰寫體會，緊扣題旨，儘量寫下必要內容。

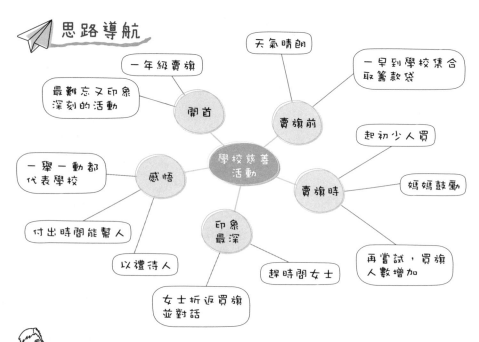

天氣晴朗

一年級賣旗

一早到學校集合取籌款袋

最難忘又印象深刻的活動

開首

賣旗前

學校慈善活動

起初少人買

一舉一動都代表學校

感悟

賣旗時

媽媽鼓勵

付出時間能幫人

印象最深

以禮待人

再嘗試，買旗人數增加

趕時間女士

女士折返買旗並對話

校長爺爺點評

　　賣旗是很有意義的慈善活動，不少人都有「買旗」或「賣旗」的經驗。

　　作者能記敍他讀一年級時賣旗的經驗，如：要一早起牀，準時回校集合，領取籌款袋，賣旗既要找人流多的位置，也不要阻礙他人，要說話響亮有禮，面帶笑容等，細節頗多。

　　作者詳細記敍一位受到感動而回頭買旗的女士，在平凡的內容中加插一段前後呼應的小插曲，情節動人，是不錯的文章。

好詞補給站

深刻的	學校安排	慈善活動	記憶猶新	一早起牀
阻礙他人	獨居長者	上班一族	端莊成熟	斬釘截鐵
路上小心	獲益良多	以禮待人	深深體會	意義深遠

好句補給站

關於禮儀的句子

- 這次活動，令我十分難忘，獲益良多，也令我明白只要用心以禮待人，別人是感受到的。
- 不用問甚麼節日送甚麼禮物最好，最好的禮物是傾訴。

小練筆

你認為賣旗以外，有甚麼慈善活動能幫助獨居長者改善生活？試簡述活動內容。

我認為可以＿＿＿＿＿＿＿＿＿＿＿＿＿＿＿＿＿＿＿＿＿＿＿

＿＿＿＿＿＿＿＿＿＿＿＿＿＿＿＿＿＿＿＿＿＿＿＿＿＿＿。

這個活動＿＿＿＿＿＿＿＿＿＿＿＿＿＿＿＿＿＿＿＿＿＿＿＿

＿＿＿＿＿＿＿＿＿＿＿＿＿＿＿＿＿＿＿＿＿＿＿＿＿＿＿＿

＿＿＿＿＿＿＿＿＿＿＿＿＿＿＿＿＿＿＿＿＿＿＿＿＿＿＿＿

＿＿＿＿＿＿＿＿＿＿＿＿＿＿＿＿＿＿＿＿＿＿＿＿＿＿＿＿

＿＿＿＿＿＿＿＿＿＿＿＿＿＿＿＿＿＿＿＿＿＿＿＿＿＿＿。

寫作提示

按作文題目的要求構思活動或事件時，可先考慮活動或事件有沒有特別之處，與日常生活體驗有沒有共同之處。透過比較異同，即可積累各種不同的寫作材料，繼而選擇出符合題目要求的內容。

29 一次欺騙老師的經歷

組織及寫作手法

開首（第1段）：倒敍欺騙老師後徹夜難眠，引入下文。

① 開首特別：仔細設定了喝過寧神茶仍失眠的場景，有別於常見的倒敍方式，為倒敍回憶提供更詳細合理的原因及背景，令讀者對下文更好奇。

正文（第2段）：記敍早上與倩雯在教員室談天的經過，交代出今天將要默書。

② 埋下伏筆：在倒敍時不忘敍事的觀點，從現在回想起當時沒察覺同學神情有異，令文章的敍事角度及時間順序變化更多，亦為同學欺騙老師的行為埋下伏筆，使情節安排更合理。

正文（第3段）：記敍在教員室外包庇倩雯的經過。

正文（第4段）：記敍倩雯再次到教員室欺騙老師的經過。

 佳作共賞

　　每天晚上，① 我會喝一杯寧神茶再睡覺，但今天我喝了之後還是輾轉反側，徹夜難眠。回想起今天在學校發生的事，我這樣幫她，真的是對嗎？

　　今早，我和倩雯邊談笑邊捧起功課走進教員室，我問她：「今天的默書，你準備了嗎？」她說：「當然了，今次我要和你『一決高下』！」我們哈哈大笑，便把功課交給老師了。② 粗心的我，沒察覺她嘴角上那一絲心虛的微笑……

　　「好了沒？要上課了，快走吧！」我在教員室外的走廊輕輕地對倩雯說。「咦？你拿了甚麼？」她看到我走來，慌張地把那張紙藏在背後，結結巴巴說道：「沒……沒甚麼，我們走……走吧！」我說：「我們不是閨蜜嗎？有甚麼不能給我看的呢？」說罷，我便一手搶去倩雯手上的紙。「啊！別！」倩雯大喊道。「咦？」我大吃一驚，「倩雯，你怎……怎麼可以偷看今天的默書內容？」只見她支支吾吾地說：「我……我其實還未溫習默書範圍……」「不行，我要告訴老師！」我氣憤地說。「不要……我求求你！看在我們是好朋友的份上，別告訴老師好嗎？我求你

了，求你了！」我看見她苦苦哀求的樣子，心軟了。「唉，好吧！不過，下次我可不會再包庇你呢！」我看倩雯還是很激動，便安慰道：「沒事了，沒事了。」

結果，倩雯順利地完成了默書，但老師說英文科會有突擊測驗，③倩雯又「淚崩」了。不過她很快收起了淚水，向我說：「我有問題要問問老師，你不如陪我去教員室吧！」我答應了她。老師正專心地拿倩雯的課本思考時，倩雯忽然說肚子不舒服，便離開了我的視線範圍。

不久，我去找倩雯，想要把課本還給她，不料，我卻看到了老師正苦口婆心地勸導倩雯，於是我躲在一邊偷聽。「倩雯啊倩雯，你為甚麼要欺騙老師，欺騙自己呢？」我一開始也聽不懂老師在說甚麼，不過慢慢明白了，原來倩雯又偷看答案了！我繼續聽下去……「老師，我……」倩雯邊哭邊說。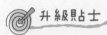「倩雯，我對你太失望了！」老師拋下這句話，掉頭就走了，剩下倩雯在那處哭泣，我連忙衝過去安慰她。

這件事令我發現朋友之間要互相告誡，互相提醒，而不是袒護對方，令她一錯再錯，這樣才是朋友的真正意義吧！

③ 誇張：以「淚崩」形容同學哭泣的程度和速度，然而她亦能很快收起淚水，加強了人物性格特點，並引發讀者聯想，推測欺騙老師的行為動機。

正文（第5段）：記敍偷聽到倩雯欺騙老師的結果。

升級貼士

文章結尾不合常理。文章的主題是「欺騙老師」，即「老師」不應在文章中擔任太次要的角色，從事件得出的反思或發現亦應緊扣「欺騙」的主題，繼而再按需要或喜好加以延伸，不應突然談論起朋友的意義。加上記敍經歷的結尾只草草寫「安慰她」而沒交代如何「安慰她」、亦沒交代欺騙老師和包庇同學的後果，使文章結尾更有不合常理的感覺。

總結（第6段）：藉欺騙老師的經歷帶出朋友的意義並非袒護。

記事 校園故事

思路導航

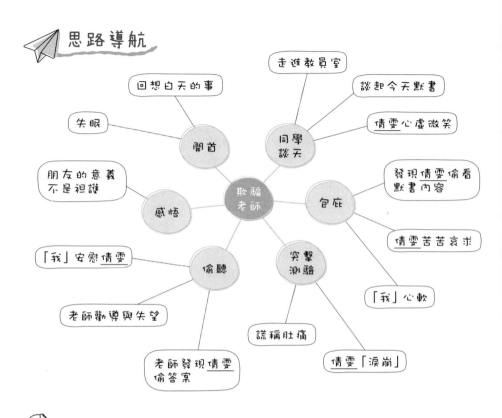

校長爺爺點評

作者用輾轉反側，徹夜難眠作引子，倒敘倩雯欺騙老師的過程。文中用上很多對話、伏筆及省略號，令故事合理而引人入勝，佈局也很好，寫得不錯。

可惜結尾時寫老師面對犯規的學生，一怒而去，頗為不妥。

好詞補給站

徹夜難眠	一決高下	哈哈大笑	結結巴巴	大吃一驚
支支吾吾	苦苦哀求	苦口婆心	躲在一邊	欺騙自己
慢慢明白	邊哭邊說	掉頭就走	袒護對方	一錯再錯

好句補給站

關於心虛不安的句子

* 每天晚上，我會喝一杯寧神茶再睡覺，但今天我喝了之後還是輾轉反側，徹夜難眠。

* 她看到我走來，慌張地把那張紙藏在背後，結結巴巴說道：「沒⋯⋯沒甚麼，我們走⋯⋯走吧！」

小練筆

假如讓你改寫本文的結尾，你會怎樣記敘這次經歷的結尾和感悟？

> 我一開始也聽不懂老師在說甚麼，不過慢慢明白了，原來倩雯又偷看答案了！我繼續聽下去⋯⋯「老師，我⋯⋯」倩雯邊哭邊說。＿
>
> ＿＿＿＿＿＿＿＿＿＿＿＿＿＿＿＿
> ＿＿＿＿＿＿＿＿＿＿＿＿＿＿＿＿
> ＿＿＿＿＿＿＿＿＿＿＿＿＿＿＿＿
> ＿＿＿＿＿＿＿＿＿＿＿＿＿＿＿＿
> ＿＿＿＿＿＿＿＿＿＿＿＿＿＿＿＿

寫作提示

為事件寫個好結局，先要知道事件的前因。在文章中，倩雯欺騙了老師，但她欺騙老師的原因是甚麼？如果確定了原因，到寫結果的時候會比較容易。最後一步，就是寫出從事件的結果得到甚麼感受或啟發。

記一件喜極而泣的事情

組織及寫作手法

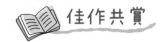

佳作共賞

開首（第 1 段）：用倒敘法記述主角在比賽完結時落淚。

正文（第 2 段）：記述比賽前的熱身情況。

升級貼士

以比賽結束的一刻，即最緊張的一刻作為文章開首，比選擇其他時刻效果更佳，亦見用心。但記述主角看到分數而落淚，加上寫作題目要求「喜極而泣」，變相是在第 1 段已把勝利的結局告知讀者，削弱了結局帶來的驚喜。

正文（第 3 段）：記述比賽初期佔了優勢。

正文（第 4 段）：記述對手為扭轉局勢，把「我」絆倒。

① 場面描寫：能記敘一段短時間內，主角、球證及對手的神態與動作，刻畫形象，使比賽的經過更緊湊，亦讓讀者有設身處地之感。

「呯！」哨子聲一響，比賽終於完了。我望向計分牌上的分數，不禁落淚⋯⋯

今天是校際籃球總決賽。作為隊長，我要帶領隊友出戰五甲小學籃球隊。比賽前，大家都認真做熱身活動。隊友像投籃機器一樣，球場上只有籃球擦網的聲響，沒有半點喧嘩嬉戲的聲音。

比賽開始，我們佔了上風。我和隊友傳球、投籃⋯⋯對手面對我們一輪接一輪的攻勢，被逼得喘不過氣來。在第一和第二節，我們如計劃一樣，大幅拋離對手二十分。我和隊友心想：這次冠軍，我們志在必得。

來到第三節，對手為了扭轉局勢，向我們步步進逼。當我拍着籃球向前跑的時候，突然，對方其中一位球員把我絆倒了。① 我和隊友舉手大喊，向球證投訴。球證看一眼計時器，沒有理會我們。與此同時，對方趁着我們混亂之際，竟把分數追和了。

為了追回分數，我強忍傷痛，一拐一拐步入球場。來到第四節，受傷的我只能減少走動，在三分線外等隊友傳球。隊友沒有停止跑動、投籃⋯⋯計時器顯示，時間只剩三秒。隊友與我四目交投，然後把球傳給我。我舉起雙手，連貫地做出投籃的動作。「呫！」比賽結束。「嚓」一聲，我的三分球同時進了。

隊友趕緊過來抱我，② 我不知道是因為腳踝的傷痛，還是因為反敗為勝而落淚。

我和隊友緊抱在一起。③ 大家都知道，這次的冠軍是靠團隊合作爭取得來，並不是一個人的比賽。

最後，我們拭乾眼淚，一起笑着走上頒獎台，全場觀眾都為我們的體育精神而歡呼。

正文（第 5 段）：記述最後一節比賽，「我」負傷上陣的經過和結果。

正文（第 6 段）：記述與隊友一同喜極而泣。

② 心理描寫：直接表達「我」對自己哭泣的原因感到疑惑，反映自己當下的百感交集，緊扣文章主題抒發情感。

正文（第 7 段）：交代團隊對勝利的想法。

③ 思考細膩：能一矢中的，表達出對於勝利、團結及比賽本質的細膩想法，使文章更觸動讀者。

總結（第 8 段）：呼應主題，記述勝利的情況。

記事　校園故事

思路導航

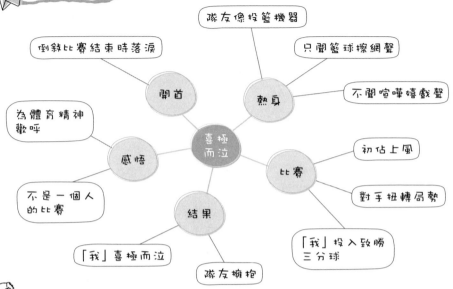

隊友像投籃機器

倒敘比賽結束時落淚

只聞籃球擦網聲

開首

熱身

不聞喧嘩嬉戲聲

為體育精神歡呼

喜極而泣

感悟

比賽

初佔上風

不是一個人的比賽

結果

對手扭轉局勢

「我」喜極而泣

「我」投入致勝三分球

隊友擁抱

校長爺爺點評

　　這篇以球賽為主題的記敘文寫得如魚得水，得心應手，相信作者十分熟悉籃球比賽。

　　作者先寫比賽前有熱身時間、籃球賽事分四節、設有三分波等，都寫得很清楚，令讀者有如置身場內一般。

　　作者被對方球員絆倒，向球證投訴，球證沒有理會，他們只好用心繼續比賽，結果反敗為勝，因此獲得全場觀眾為他們的體育精神而歡呼，證明有時沉着氣應戰是上上之策。

好詞補給站

不禁落淚	喧嘩嬉戲	佔了上風	喘不過氣	志在必得
扭轉局勢	步步進逼	舉手大喊	與此同時	混亂之際
強忍傷痛	一拐一拐	四目交投	反敗為勝	拭乾眼淚

好句補給站

關於感動的句子

* 最後，我們拭乾眼淚，一起笑着走上頒獎台，全場觀眾都為我們的體育精神而歡呼。

* 做過不能感動別人的夢，至少可以讓自己感動。

小練筆

假如讓你改寫第 1 段，你會怎樣在倒敘同時，讓讀者不能肯定比賽的結果？

「呸！」哨子聲一響，比賽終於完了。

寫作提示

倒敘法是以某段重要的情節、事件的終結開展文章，或者就現在進行中的事件開始回憶，記述故事始末。好的倒敘往往有讓讀者讀到文章最後的理由。除了在故事開始刻意使讀者疑惑之外，亦可把開首設定在結局尚未出現的一刻，或是在文章結尾補充更多開首未曾提及的情節、情感或反思，不宜機械化地將結局直接放在第 1 段。

30 記一件喜極而泣的事情

「小練筆」參考答案

1 禮物

我會送一個三角形鐵盒給好朋友麗麗和哈利，因為鐵盒裏滿載了我們「鐵三角」永固的友情。

2 令人懷念的被子

陪我看過許許多多晨昏交接與四季更替。無論我多頑皮，用抹滅不掉的顏色筆把它畫成「花臉貓」；無論我多粗暴，把沉重的書本和雜物壓在它身上，它依舊靜默不言，堅定不移地陪伴我讀書，讓我舒適地暢游在知識海洋中，讓我疲累時能伏下來稍作休息。

3 伴我走過仁立的夥伴

我的寶貝球鞋啊，謝謝你陪伴我走過無數籃球場，經歷日復一日的刻苦訓練。在比賽場上，只要穿上你心裏就會安然穩妥，能暢快地奔跑、搶奪、防守、進攻、投籃。轉眼間兩年過去了，看着你逐漸衰老，我再也捨不得讓你衝鋒陷陣。我會把你放在盒子裏好好保存，期待有一天讓你見證我達成籃球夢想。

4 消失的音樂盒

(1) 石頭壓在胸前，喘不過氣來

(2) 上興趣班前，我匆匆忙忙把音樂盒放進儲物櫃，忘了上鎖，看來是被人偷走了

5 我的熊娃娃

熊娃娃啊，謝謝你！九年來你一直陪伴我，不論現在你變得多殘舊，我仍然很喜歡你。過去，你在我開心、害怕、悲傷或生氣的時候，總是陪伴着我，未來我們也會在一起，永不分離。

6 一盒象棋勾起的回憶

爺爺先教我擺放棋局，然後告訴我每隻棋子的名稱、佈局和走法。我似懂非懂地聽着，棋盤中各式各樣的棋子，錯綜複雜的佈局令我不耐煩起

來。爺爺憐愛地摸摸我的頭，勉勵我不要放棄，還耐心地指導我一步一步地走，讓我有信心學習下去。

7 失去

我把自己關在房間，不想看書、不想上網、不想玩遊戲機……甚麼事都不想做。吃飯時，聽着電視機傳來籃球賽事的精彩旁述，我想起失去了的籃球，心情跌進谷底，眼淚又不聽使喚地掉下來。

8 有趣的一課

跳水運動員在跳板大步向前跨步，一、二、三、四，起跳，在空中抱膝翻騰轉體數圈，做出高難度動作，再拉直身體衝入水中。

9 同學，謝謝你

(1) 媽媽露出嚴厲的／兇惡的／生氣的樣子，大聲地責罵／斥責／喝罵我，說：「你做錯事不認錯，還推卸責任，令我太失望了！」

(2) 同學看見壁虎害怕得尖叫逃走，家強勇敢地站出來，說：「不要怕，讓我來趕走牠。」

10 媽媽哭了

緊緊地握着我，像小時候怕我走失牽得很緊、很緊……她的手被雨水弄得冷冷的，我的鼻子忽然酸了，我用力摩擦媽媽的手，讓她溫暖起來。

11 人間有真情

有一天，大衛走到街上。突然，有一名乞丐緊握着他的雙手，說：「兄弟，請問你可以買一瓶水給我嗎？」大衛二話不說，立即買了一瓶水給乞丐。大衛看着這個乞丐，他蓬頭垢面，衣衫不整，用黝黑的雙手捧着純淨的瓶裝水，顫顫巍巍地放在乾裂的嘴脣邊呼嚕呼嚕地往肚子灌。瞬間，那枯乾的臉容煥發出新機，彷彿重生了。大衛感到像拯救了一個生命，一個在艱難中掙扎求存的寶貴生命，他心裏十分激動，更找到了自己生存的意義。

12 摘桃記

從小到大，從沒試過摘鮮果、更沒到過果園的我，看到大片桃園呈現眼前，不禁感謝桃樹初次見面便贈予我們無限的美好。也不禁猜想：這輩屬於<u>日本</u>的桃花，是第幾次見到一輩異鄉人，講着異鄉的語言呢？它們眼中的我，是同樣美麗還是格外奇怪呢？人們告訴我：「夏季的桃園是最美麗的。」如果我懂日文或植物的語言，我想我會好奇地問：「桃樹是從哪個夏季開始美麗？未來會在哪個冬季枯萎？」如果我有答案，或者根本沒答案，我都會答應在那個冬季來臨之前，再回來看一次回憶中的美好。

13 一次難忘的學校旅行

我們像「阿波羅號」登陸月球、像哥倫布發現新大陸那樣，發現了好比<u>大帽山</u>那樣高的攀爬架。當下，我們興奮得大聲歡呼和尖叫，像搖滾巨星在台上激情嘶吼，同學們情緒亢奮，氣氛高漲。我們的手腳隨心晃動，像跳舞那樣在攀爬架慶祝起來。

14 遊長洲

<u>長洲</u>長，時光短，歡樂趣，離別苦

15 參觀濕地公園

爸媽試圖安撫我，輕描淡寫地說沒甚麼好怕。但我一個字也聽不進去，因為心臟撲通撲通地轟動好比連環爆炸，炸得我震耳欲聾。我確信隔在中間的玻璃早已碎裂，因為現在我彷彿嗅覺失靈那樣，只可以嗅到腥味，卻不敢猜想腥味的來源。

16 遊青衣自然徑

掏出早上才在冰箱拿出來的毛巾，一邊為我拭去額角的熱汗，一邊考我：「你知道青衣為何叫青衣嗎？」我閉上雙眼，回憶看過的書本，不自覺吟誦起來：「《禮記》有云：『載青旂，衣青衣，服倉玉……』」誦着誦着，文句彷彿把我們帶到另一個時空，使疲累漸漸消退。他笑了笑說：「也許真的是這樣也說不定呢……也有人說是因為<u>青衣島</u>似青衣魚，頂突領短，頭大背陡，本體延長而均勻圓突。」我吸了一大口山坡植物散發的香味，卻沒好氣地回答：「那為甚麼不直接說因為<u>青衣</u>盛產青衣魚？」

17 參加動漫展

我走進了攤位最多的展廳。不少攤位都有架設螢幕，攤主藉助揚聲器叫賣，更有些角色扮演者作為代言人，拿起巨大的旗幟揮舞，讓攤位更顯眼，引來不少人羣與閃光燈。但這邊發出的分貝，還遠遠不及另一邊的「亞太區角色扮演嘉年華」表演，雖然表演單位每年都差不多，卻是雲集了香港、日本、台灣、馬來西亞、巴西等地的專業團隊，在使大家熟悉而感動的背景音樂下，每年都帶來別出心裁的舞蹈與劇情模仿演出。

18 珍惜

帥哥回到了他熟悉的現實世界。他眨了眨動人靚麗的眼睛，說服自己剛才的奇遇只是大夢一場。他從那不曾存在於森林的滑梯滑下來，趕忙回家。帥哥的媽媽在家門前等了他一夜，她的擔心、焦急令帥哥十分內疚。他從心底拿出畢生最大的勇氣，向媽媽道歉：「對不起……我擅自去了森林……」媽媽始料未及，構思了一夜的說話連一個字也說不上，因為她想都沒想便回答：「我才要說對不起！你拿了滿分，我沒為你高興，所以你很難過，對嗎？我最近太忙了，累得沒有心情，不是故意那樣回應你的。」他們尷尬地擁抱了一下，卻把二人心中壘塊化解了。他們永遠不會忘記這夜，因為這夜，他們日後面對問題時也懂得珍惜對方，遂為母子如初。

19 一件見義勇為的事

孔子談義的道理。子曰：「見義不為，無勇也。」對我來說，「義」是適宜做的事，也是應當做的事。如果那時候我沒跟蹤賊人，最終不可能破案，籌款箱中的硬幣亦會不翼而飛。我打從心底相信，不計利益，不論利害，面對不公平不公義的事，應盡自己所能，做適宜做的事、應當做的事。

20 問題解決有辦法

我在讀《伊索寓言》的時候，發現〈羅德島〉的故事雖然告訴我每個人的能力不應受到環境或條件限制，此時此地能做到的事才有意義。但後來讀到〈狼與屋頂上的羊〉時，卻發現有些時候天時地利遠比本身的能力更重要。到底哪個故事才是正確的呢？希望我能透過繼續閱讀，找到答案。

21 一件令我害怕的事

他們向我撲來，所使招式怪異。我一滾滾到百丈之外，誰知四方八面皆是人影。只聽見三聲急風破空，暗器從幾個不同方位飛來，我只好分筋錯骨避過要害，但身上的霓裳羽衣仍然給擦破了。我輕輕拍出兩掌，攻向他們沒注意到的破綻，誰知三百招過後，我的聲勢已弱，變化已窮，突然給他們一把擒住

22 我觀看了排球比賽

那位長了一頭俐落黑色短髮的舉球員敏銳地綜觀局勢，為其他隊員傳出精準的托球。媽媽告訴我這是他努力完成指力訓練的成果，讓我想起他剛剛熱身前用手指做的伏地挺身，大抵擁有天份的人也不輕視不斷學習的可能。縱使他看起來對隊友很嚴肅，對比賽很認真，但我從望遠鏡看到，他拿到排球時的神情竟然是很開心。

23 一件小事

這篇文章令我想起那些很久沒見的人，我不知道他們是否安好。婆婆和孫子分隔十年的原因可能是他們身處不同的地方，即使用盡一切方法也不能聯絡，彼此期盼有再會的一天。

24 歡度節日

日本的中秋叫「十五夜」，起源於唐代的中秋節，而傳說中飛升的嫦娥在日本變成了赫奕姬，月兔搗藥的傳說也變成了月兔搗麻糬。我覺得賞月時除了吃月餅，吃月見糰子也很合適，渴了的話還可以邀請月兔搗擂茶，也可以搗山藥，但不可以搗蛋。

25 偷看電視記

(1) 志成是一個充滿好奇心的人，無論甚麼事情都喜歡打破沙盆。

(2) 我幫了你，你卻冤枉我，真是狗咬呂洞賓。

(3) 做事情要快刀斬亂麻，不要拖拖拉拉。

26 不速之客

我看見那隻麻雀好像有點害怕，所以像照顧小貓那樣，讓牠安躺在軟綿

綿的毛巾上。因為麻雀太小了，我便拿起家人閱讀用的放大鏡，確認牠翅膀上傷口的位置。記得我小時候跌傷了，家人會先用紙巾或棉布沾去傷口最表層的鮮血，於是我用牠躺着的毛巾稍稍把牠包起，以邊角輕沾牠傷口上的血。我在課外書中讀過：不論是人類還是小動物，受傷時皆可用生理鹽水清洗傷口。那麼，我就從急救包中找出寫上生理鹽水的小瓶，然後為牠沖洗傷口。

27 有趣的實驗課

我希望在課堂上製作時光機。我先會建蓮花形駕駛艙，全包圍式，以免在穿梭時不小心掉進時間空間。接着，我會放上自動導航裝置，讓它帶領我準確抵達想去到的時空，然後貼一片蓮葉形聲音能量板，從聲音中吸收能量來發動機器，再在兩旁連接蓮子能量箱，儲存能量，即大功告成了！

28 一次學校安排的慈善活動

我認為可以舉辦網上慈善賣物會。這個活動和一般網上購物平台相似，主要售賣飾物和日用品，不過會向顧客表明一切收益用作改善獨居長者生活之用，並會公開所有財務報告供大眾參考。同時，會向政府、大型企業及高收入人士請求捐款及提供賣物會的營運成本或貨品，然後邀請名人透過網絡及各種宣傳活動呼籲大眾來購物同時做慈善。

29 一次欺騙老師的經歷

「倩雯，不必多言。老師了解你一直都是對自己要求極高的好學生，每一次默書測驗都有好好複習，最近是遇到了甚麼困難嗎？」老師凝視着倩雯，關懷的眼神沒有離開過她片刻，於是她終於把家中最近的變故和盤托出。我那時還不清楚具體情況，因為在倩雯開了口沒多久我就離開了，畢竟窺探別人的家事是不對的。後來老師請求了倩雯的准許，找了我們二人聊天。我瞞騙了老師，而倩雯亦作弊了、盜竊了，但我們都得到應得的懲罰和教訓。老師讓我們學懂了隱瞞事實是錯的，欺騙老師是錯的……其實不論欺騙誰都是錯的。對待朋友，要互相告誡，互相提醒，而不是互相袒護，互相出賣，互相欺騙。這一次我們欺騙了老師，但我們也發現了朋友的意義。

30 記一件喜極而泣的事

　　我看着對手的神情，聽着全場歡眾的歡呼，抱着曾經一起那麼努力過的隊友，不禁流下了一滴滴百感交集的眼淚……

鳴 謝

由衷感謝以下團體和人士
鼎力支持與誠摯配合本書出版：

聖公會小學

羅乃萱女士

陳謳明大主教

陳國強座堂主任牧師

鄧志鵬校長

張勇邦校長

何錦添牧師

黃智華校長

主編將版稅全數捐予香港聖公會聖多馬堂

策　　劃：陳超英
責任編輯：余雲嬌　謝燿壕
裝幀設計：Sands Design Workshop
排　　版：龐雅美
插　　畫：黃梓茵
印　　務：劉漢舉

校 長 爺 爺 教 寫 作 系 列
寫出優秀記敍文

主編｜謝振強

出版 / 中華教育
香港北角英皇道 499 號北角工業大廈 1 樓 B 室
電話：（852）2137 2338
傳真：（852）2713 8202
電子郵件：info@chunghwabook.com.hk
網址：https://www.chunghwabook.com.hk

發行 / 香港聯合書刊物流有限公司
香港新界荃灣德士古道 220-248 號荃灣工業中心 16 樓
電話：（852）2150 2100
傳真：（852）2407 3062
電子郵件：info@suplogistics.com.hk

印刷 / 美雅印刷製本有限公司
香港觀塘榮業街 6 號海濱工業大廈 4 樓 A 室

版次 / 2022 年 3 月初版
　　　2024 年 11 月第 5 次印刷
©2022 2024 中華教育

規格 / 16 開（210 mm x 148 mm）
ISBN / 978-988-8760-74-9